O FANTASMA DA INFÂNCIA

Cristovão Tezza

O FANTASMA
DA INFÂNCIA

2ª edição

EDITORA RECORD
RIO DE JANEIRO • SÃO PAULO
2007

Cip-Brasil. Catalogação-na-fonte
Sindicato Nacional dos Editores de Livros, RJ.

T339f   Tezza, Cristovão, 1952-
        O fantasma da infância / Cristovão
      Tezza. - Rio de Janeiro : Record, 2007.

        ISBN 978-85-01-07789-9

         1. Romance brasileiro. I. Título.

                      CDD 869.93
07-1945   CDU 821.134.3(81)-3

Copyright © Cristovão Tezza, 1994

Projeto gráfico: Regina Ferraz

Todos os direitos reservados. Proibida a reprodução, armazenamento ou transmissão de partes deste livro, através de quaisquer meios, sem prévia autorização por escrito.

Direitos exclusivos desta edição reservados pela
EDITORA RECORD LTDA.
Rua Argentina 171 - Rio de Janeiro, RJ - 20921-380 - Tel.: 2585-2000

Impresso no Brasil

ISBN 978-85-01-07789-9

PEDIDOS PELO REEMBOLSO POSTAL
Caixa Postal 23.052
Rio de Janeiro, RJ - 20922-970

EDITORA AFILIADA

À Beth

ESCRITOR: PRECISA-SE. Uma cena de impacto. Quem sabe? Dobro discretamente a folha quadriculada e meto-a no bolso, sem digitar o texto. Isso pode esperar até amanhã para vir ao mundo. Há um equilíbrio na espécie: algum poder ainda me resta. Talvez seja o caso de continuar, pareciam dizer. Eu acredito. Nada a perder, depois que Laura se foi. Nada a ganhar também, mas precisamos fazer alguma coisa; urge fazer algo; estamos em crise! Enquanto isso, provisoriamente inútil, vou digitando poodles, overlocks, mercedes benz, secretárias eletrônicas, babás, putas, apartamentos face norte, rins, bicicletas. Basta um anúncio, e continuamos. Na verdade, não precisamos de nada para continuar. Quando não há nada, inventamos. É admirável. Aulas particulares, móveis usados, esterco, computadores, grama, títulos de capitalização, pranchas de surf. Nada que me interesse. A cabeça está longe, pregada na única mercadoria de real valor: eu. Utilitário, serraria, forno, balança de precisão, formulário contínuo, objetiva 100 mm, penteadeira. Que idiota haverá no mundo atrás de um escritor? Afinal de contas, subtrações: lá se foi minha Laura, depois que se foi o filho. Dois anos. E quando reapareceu (um ano), o coice bêbado que leva a mulher amada. Um homem que resta: ainda vejo quando ela tira a blusa e enterra a cabeça na lã, braços se batendo, seios erguidos num breve equilíbrio, desenho animado — e lá vem a cabeça sorrindo, toda nua. Como pioraram as coisas! Aparelho de som, telefone comercial, obras completas de Freud, coleiras inseticidas, massagistas, azulejos artesanais, barômetro. Possivelmente um engano: estão atrás de um revisor. O doutor Fulano acaba de escrever um livro de reminiscências — ele até nem queria escrever, mas os amigos, que são muitos, insistiram — e precisa de um escritor que lhe revise as 326 páginas do original, datilografadas em espaço um. Não que haja problemas de estilo, nada disso! Mas com todas essas mudanças ortográficas — parece que querem mudar tudo de novo — é sempre bom atualizar a acentuação, trocar aqui e ali um *s* por um *z*. Barracão, tapetes, engradados, disquetes, geladeira, coelhos. Quem Laurinha estará amando, na exatidão dos 35 anos? Escrever tinha esse dom sinistro: destrói o resto, porque é melhor que o resto, mas súbito estamos bem no meio do deserto. E Laura não terá piedade de mim: ela já viu todos os meus filmes. Impressora, janelas, lote na praia, Jipe, pedras, convites personalizados, oxigênio, extintores, relax for men, arquivos. Quanto o senhor cobra? Quanto?! Tudo isso!? Mas essa revisão qualquer estudante de letras faz! Então o senhor procure um estudante de letras. E aproveite para limpar a byeisos8eskuonfidj f8ejsalpos98ejfpsp89e

E como estamos? Muito mal! É assim: alguns segundos de divagação e já esmurro o teclado, babando, vivendo a volúpia do estrangulamento, do chute no estômago, do dedo no olho. Vejo o teto, sorrindo torto, e escrevo mais um título imaginário: *Como matei todos eles.*

André Devinne é um homem de substância ingênua, e a ingenuidade também se cultiva: uma defesa contra tudo que não se faz entender. Daí o valor do silêncio, que é uma das faces do espanto e um dos sinais de respeito pelas forças do mundo. Ele sente: há alguma coisa irresolvida que está em parte alguma mas viaja pelos nervos. Quem sabe uma espécie de vergonha. Quem sabe o medo enigmático dos quarenta anos, essa cabala abstrata. Certamente não é a angústia de se ver lavando o carro numa tarde de sábado, um homem de sua posição. É até com delicadeza que ele se entrega ao sol das três da tarde, agachado ao lado da roda, sem camisa, esfregando o pano sujo no pneu, a última etapa deste ritual disfarçado em que ele mal se atreve a formular seu tranqüilo desespero. Assim: ele está numa guerra, mas por acaso; de onde ele está, submerso na ingenuidade, à qual se agarra sem saber, André Devinne não consegue ver o inimigo. Talvez não haja nenhum. O campo de batalha é um enorme silêncio.

— Filha, não fique aí no sol sem camisa.

A menina recuou até a sombra. Agachou-se, olhos negros no pai.

— Você vai pra praia hoje?

André Devinne contemplou o pneu lavado: um bom trabalho.

— Não sei. Falou com a mãe?

— Ela está pintando.

A filha tem o mesmo olhar da mãe, quando Laura, da janela do ateliê, transforma o mar da Barra, aquela estreita faixa de azul acima da Lagoa, numa outra faixa, de outra cor, mas igualmente suave, na tela em branco. Um olhar (raro) que investiga sem ferir — que parece, de fato, ver o que está lá.

O pai espreguiçou-se, esticando as pernas. Com o dedo tirou uma sujeirinha do vidro. Largou o pano imundo no balde e olhou o céu, o horizonte, as duas faixas de mar, o azul da Lagoa, vivendo momentaneamente o prazer de proprietário. Lembrou-se da lição de inglês — *It's a nice day, isn't it?* — e tentou esquecê-la de imediato, mas era tarde: o corpo inteiro se povoou de lembrança e de ansiedade, exigindo explicações. Estava indo muito bem, a professora Vera era uma mulher agradável, competente e determinada, e, talvez justo por isso, ele cometeu uma estupidez. Sem pensar, voltou a cabeça e acenou para Laura, que do janelão do ateliê lhe devolveu o gesto, como quem desenha no ar, pincel à mão. Ele suspirou, sentindo o prazer do suor, a expectativa purificante do banho frio, e desceu o olhar para a rua torta e estreita, um corte na terra, onde penava um mochileiro manco, ladeira acima. Concentrou-se um segundo naquela figura obsoleta, de cabelos nos ombros e roupa velha, de um estilo alternativo por falta de alternativas, e mais uma vez angustiou-se, agora vítima de um sopro esquisito de familiaridade. A filha insistiu:

— Você não vai pra praia?

Mudar todos os assuntos.

— Julinha, o que é, o que é? Vive casando e está sempre solteiro?

Ela riu.

— Ah, pai. Essa é fácil. O padre!

Ele riu também, sem olhar para a rua. *Ele vem falar comigo.* O carro brilhava.

— Acertou. — Pegou o balde, ainda incerto. — Vamos ver se a mãe quer sair?

Mas não teve tempo. Como se a mais vaga e gratuita intuição se fizesse realidade inadiável, ouviu atrás de si os passos das sandálias rotas raspando nas pedrinhas e viveu a sensação ruim de dizer não, não tenho dinheiro, não sei onde fica, não posso fazer nada, não tenho cigarro, não conheço, é impossível, não estou interessado, *não toque em mim, por favor, saia daqui.*

Saio do trabalho às onze e meia e, é claro, não vou para casa. Meu belo apartamento *noir* da José Loureiro. O lixo na geladeira, as formigas na cozinha, o telefone cortado. A umidade escorrendo na parede, em manchas conceituais. Os cheiros acumulados em toda parte. Nenhuma esperança de rever minha Laura. Pensando bem, ele resistiu o suficiente: 6 anos. Eu estacionei lá, mas ela é sinuosa como o tempo — jamais ficou um só mês para trás. Quando o menino morreu, segurou minha mão por exatos dez dias. Nunca mais um toque. E eu na couraça da derrota, o conforto da desistência. Não de repente, é claro. A derrota é uma obra tão elaborada quanto uma catedral da Idade Média; começa na infância, toma forma na adolescência, aprimora-se aos trinta e atinge a perfeição no último dia. Como é bonito dizer isto por escrito! O que sangra mesmo, não conta.

Quando vi Laura, demonstrei meu amor fazendo exercícios nas barras do Colégio Estadual, às quatro da manhã. Bêbado, plantei bananeira, minha especialidade. Ela me deu um beijo na boca. Uma história assim não tem futuro: eu estava de ponta-cabeça. No escuro, via o pescoço macio de Laura. No outro dia fui encontrá-la na cantina da universidade. Ela estudava Psicologia com afinco e eu era revisor de jornal. Hoje ela ainda estuda Psicologia em algum lugar do mundo e eu sou digitador de jornal no fim do mundo. Nunca mais.

Mãos no bolso, atravessei a Zacarias para um sanduíche no Triângulo, mas o telefone público me deu coceira. Vinte para meia-noite. Investiguei o formulário roubado no emprego. *Escritor: precisa-se* — e um número de telefone. Só. Para controle interno do jornal, o nome do cidadão: Antônio Santos da Silva Rabelo. Mesmo número de telefone. Quem sabe? Arrisquei uma ficha. Cinco toques de chamada. Uma voz rouquinha. Mulher.

— Alô.

Gostei.

— Alô. É sobre um anúncio no jornal. Diz aqui: precisa-se...

Animação:

— Já saiu?! Mas...

Um imprevisto. Como sempre, era preciso me explicar.

— O jornal sempre fica pronto ontem.

— Ah, sei...

Silêncio. A Voz esperava mais explicações.

— Desculpe ligar agora. Eu trabalho a noite inteira, durmo de manhã, acordo à tarde. — Tudo perdido, desandei a fazer gênero: — Sou torneiro mecânico na Cidade Industrial. Daqui a pouco passa meu ônibus. Se eu espero amanhã, perco a oportunidade. Já estou até vendo a fila na porta da sua casa.

A Voz achou graça. Bom sinal.

— Talvez o senhor esteja enganado. A oferta não é para torneiro mecânico.

— Mas aqui diz: precisa-se de escritor. São atividades parecidas, você não acha? Ou vocês estão precisando de um Guimarães Rosa?

A Voz riu alto. O emprego era meu, com certeza.

— Tudo bem. O senhor pode deixar o seu nome?

— André Devinne.

Me arrependi instantaneamente. Naquele instante todas as infinitas possibilidades do mundo se reduziam ao meu nome. Fiquei triste. Mas a Voz pareceu surpreendida, no bom sentido:

— André Devinne?!

Fiz uma pose medida, ergui o peito, inchadinho, numa seqüência de gestos que felizmente ela não viu. Mas o tom deixou escapar a ilusão da importância:

— Ele mesmo.

Em duas palavras a Voz percebeu que o meu humor se esfarelava; o que ela ouvia agora era um pequeno ser atrás de um emprego. Séria:

— O senhor pode ligar amanhã a essa mesma hora?

— Sim, mas a senhora não quer dados que...

... *digam quem eu sou?* — mas a ligação caiu e eu não tinha outra ficha. Esmurrei o telefone, até perceber uma sombra que me olhava da cabine da Polícia Militar. Melhor comer meu sanduíche. Um mendigo me pediu cigarro, depois me puxou o braço exigindo fogo; adiante um menino sujo queria dinheiro. Corri para o café atrás de um rosto conhecido. Havia três deles, mas sem intimidade, e uma mulher com bebê no colo, estendendo a mão negra. Senti a gosma no pescoço e mergulhei de cabeça na depressão, suor frio, agonia — e derramei café no casaco. Tudo muito simples, óbvio, previsível: *eu quero alguém para conversar, alguém que fale a minha língua.* A essa altura, nenhuma auto-estima, nenhum orgulho, nenhum queixo empinado: chavão surrado, eu iria de joelhos atrás de Laura até o fim do mundo. Sou um homem substancialmente bom; não posso compreender o que acontece.

Fui ao Saul Trumpet, ainda vazio, e me surpreendi com o apelido da infância:

— Deco! — e um abraço deliciosamente esmagador.

Em quatro horas seguidas ouvi uma belíssima biografia, que se encerrava em três filhos, uma casa na Vila Hauer, um ponto de táxi e um Lada zero-quilômetro. Brindamos mil vezes, a cada curva da história, à música do Saul, ao futuro e a duas coroas de meias pretas, três mesas adiante. Um filme velho, mas bom.

A menina correu sem olhar para trás.

— Cuidado o poço, filha!

Devinne ficou imóvel, refugiando-se no poço incompleto que há muito tinha de ser fechado, de costas para o ruído de sandálias raspando as pedrinhas, cada vez mais lentas, até que pararam a três metros dele. Largou o balde, sentindo a presença inquietante do intruso, e voltou-se lento, inteiro retesado, na concentração de quem se prepara para receber um golpe. Mesmo sem saber, ele *sabia*: de tempos em tempos vivia a pontada deste desespero sem direção, quase sempre em situações públicas. O amigo Flávio definiu-o como síndrome do pânico, o rombo no abdômen, o oco na cabeça, mas Devinne sabia que não era isso, embora não dissesse, porque havia um limiar que ele não compartilhava com ninguém, sequer com Laura — ele sentia que a explosão agoniante resultava de um estímulo concreto, palpável, visível, como aquela figura desengonçada e manca que ele olhou recusando-se a ver, para de novo esconder os olhos no pneu lavado. Mas a voz do intruso enterrou-se na carne dele, Devinne, e de lá trouxe o fantasma inteiro, agora sim:

— Carrão, hein? Vidro fumê!

Devinne de novo se recusou a olhar o homem nos olhos, mas não a responder, porque agora ele já tinha sido arremessado para sempre numa situação que não lhe pertencia e era preciso, com habilidade, sair dela. Sorriu.

— Lavado assim, fica bonito, não?

O homem balançou a cabeça, talvez um gesto de admiração, com ela os cabelos longos e sujos e emaranhados, com ela a barba feita em tesouradas, a mão trêmula diante de um espelho fosco. Balançava tudo aquilo com um risinho que era escárnio não por maldade, mas porque o escárnio era o seu único humor. O risinho ficou na face, esquecido — e cada palavra impronunciada foi demolindo as defesas de Devinne. *Tenha paciência. Daqui a pouco você estará longe com Laura e a filha, e o sol lavará o resíduo desse desespero.* Mas é preciso falar: o regulamento não prevê silêncio eterno de dois homens que se contemplam — iniciada a volta dos ponteiros, logo alguma espoleta detona um movimento, para nova acomodação, momento a momento. *Eu posso matá-lo agora.*

— Você...

está procurando alguma coisa? Mas o homem não aceitava o jogo, a essa altura infantil. Ele já tinha posto os dois pés sujos de barro em outro patamar da vida, olhando o gramado verde, inclinado, até a varanda com as redes, os janelões, um trecho da sala com reflexos coloridos de belos quadros, o telhado tão bem encaixado como numa casinha de Walt Disney, a delicada chaminé da lareira, e, mais acima, incrustrada no morro, a pequena construção com uma larga abertura onde uma mulher pintava uma tela, e olhando um pouco mais alto já se encontrava o céu, como quem estende preguiçosamente o braço.

O olhar de André Devinne, e sua falta de ar, foi acompanhando a vagarosa investigação do intruso metro a metro, como quem vê arrancados trechos de seu próprio espaço, numa comilança de baba, sem pudor — o olhar desossava, metia as mãos, a gordura no tapete, os dedos na tinta branca, a volúpia de um tijolo que se arranca; o olhar dele acompanhou o do outro, correndo atrás, juntando pedaços, recompondo a rede e a porta aberta e a gaveta do *freezer* e o tapetinho do banheiro e, num pânico extra, escondendo Laura e os olhos da filha, mas era inútil, porque os olhos do intruso devassavam e devastavam — e o que era um risinho empedrado na face foi se estilhaçando numa risada que crescia, de modo que quando os olhos deram a volta completa da conquista já lacrimejavam uma gargalhada vigorosamente feliz. Tanto, que o próprio Devinne se entregou a ela, ainda fingindo não entender. O intruso jogou a mochila no chão, como quem finalmente põe a bandeira na lua. A cabeça sempre balançando, uma espécie absurda de orgulho:

— Cara, você é foda! Eu sempre disse: você é foda!

Devinne sentiu uma trégua, o espaço exato para se recuperar e fincar, também ele, os dois pés no chão. Simulou uma idiotia feliz com a felicidade alheia e continuou o próprio jogo ridículo que poderia ser verossímil, se verdadeiro, e com ele ganhava tempo. Ria também, vendo o riso do outro, que continuava pregado na paisagem de porcelana. E agora apontava o dedo:

— Tudo isso é teu?!

Devinne retomava a segurança, simulando estranheza mas sustentando o sorriso, porque ele é um homem tolerante.

— Enquanto os credores não levarem...

O homem explodiu nova gargalhada e um tapa violento e carinhoso no ombro:

— Mas até as tuas piadas são de rico! Cara, eu sempre disse: você é foda! — Segurou os ombros de Devinne com as duas mãos, e, agora sim, contemplou-o fundo nos olhos, um olhar que, num relance, além da brutalidade da couraça, deixava entrever uma nesga de carinho entremeada no espanto. — E daí, cara? Não me reconhece? — Diante do silêncio, da hesitação (*que caminho tomar, agora que nos acomodamos em novo degrau?*), a couraça endureceu, mas deixando margem: — Hein?

Devinne manteve o sorriso idiota, atravessando a porta do desespero, *porque uma só palavra em voz alta e...* — mas o intruso não deu mais tempo a estratégias: segurou firme o braço de Devinne e apertou o próprio nariz, tentando desentortá-lo.

— Lembra o nariz quebrado? O soco na cara, quando eu me embucetei naquela escada? — E uma risada feliz que era um ronco sádico acompanhou o gesto.

O momento certo de entrar no novo jogo, aliciá-lo para o silêncio: era preciso chamá-lo às novas regras. Rezou para que nem Laura nem a filha se aproximassem. Estendeu a mão com uma familiaridade tímida, talvez pedante, mas, agora sim, verossímil:

— Odair!? — Frio demais; refez o gesto, tentando recuperar o carinho de uma infância morta, que talvez se iluminasse; tentando indicar uma alegria avulsa, sem preço; tentando dizer que ele era um homem bom, de substância boa; tentando sinalizar que ele, Devinne, estava do lado de Odair para o que ele precisasse, desde que algumas regras fossem estabelecidas o quanto antes; e era também preciso que Odair compreendesse que agora Devinne era um homem *superior,* compreendesse e respeitasse como um fato em si, tão normal quanto a pedra no jardim, que agora brilhava estranha; tentando revelar que tudo que interessava no passado dele, Devinne, era o fogo devorante e sem rastro — nada. Tentando, abraçou o velho espectro com força, sacudiu-o mesmo, simulando igualdade, enquanto Odair recebia o abraço como o aviso torto e tenso de um homem acuado. — Odair, velho de guerra! De onde que você vem, o que tem feito?

— Da cadeia, cara! — e explodiu uma gargalhada agressiva. — Não tenho feito porra nenhuma que preste nos últimos vinte anos! — Outra gargalhada, idêntica, gelada, súbita interrompida; agora o queixo empinado apontava o patrimônio do amigo. — Mas você, hein? Caralho! Que casa! — De novo a risada, o abraço, o olhar fixo no rosto assustado de Devinne. Admiração profunda, a voz rouca e baixa: — Você é foda, Juliano.

Devinne apoiou-se no carro, breve vertigem, mas se refez a tempo de acenar para Durval, que passava de buggy, gritando:

— Pra praia, Devinne!

Odair via o carro se afastar, levantando pó.

— Puta vidão que esse povo leva, hein Juliano? — Suspirou, e disparou outra gargalhada, agarrando o braço do amigo: — E eu te achei, cara! Te achei! — Silenciou, descobrindo que o amigo não estava bem, encostado no carro. — Mas o que é que há, cara? Você ficou branco que nem um fantasma?

O fantasma é você, Odair.

— Não é nada. Fiquei muito tempo no sol, pressão baixa. Vamos ali na varanda.

Odair recolheu a mochila, deu dois passos mancos, olhou em volta, respirou fundo.

— Que puta lugar! *A maldita risada, um soco na memória. Do que é que aquele boa-vida te chamou mesmo? Rockfeller? Em segundos a filha e Laura chegariam para conhecer o intruso.*

Segurou o braço de Odair.

— Por favor: meu nome é Devinne. André Devinne. — Agora apertou o braço com força, para que ele não gargalhasse outra vez, aproximou a cabeça pálida daquela cabeça deformada e cochichou, com vagar: — Preste atenção, Odair. Ninguém, ninguém, nem minha mulher, sabe coisa nenhuma de nada.

Odair era lento. Não entendeu aqueles dedos esmagando o braço dele, não entendeu a fúria controlada que quase comia a língua em cada palavra. Fixou-se naquela mão branca, torniquete no braço. Odair ficou *ofendido*:

— Solta meu braço, porra.

Devinne obedeceu.

— Desculpe. *Como enfiar isso na cabeça desse idiota? Teria errado o golpe?*

Odair meteu a mão no bolso da calça imunda e tirou um papel amarrotado.

— Eu sei, cara, eu sei. Está aqui — Leu os garranchos: — André Devine. — Foi a vez dele segurar o braço do inimigo: — Cara, eu fiz 42 anos. Está vendo esse nariz torto? O aleijão na perna? Aquele tiro no Jardim Social, lembra? *Pelo menos está falando baixo.* Eu vim aqui desarmado, cara. — E ergueu os braços com a risada, agora ambígua: — Seu filho-da-puta! Me dá aqui um abraço, porra, grande Devinne!

Devinne riu junto, desesperado, e entregou-se ao abraço a tempo de um último cochicho, que a voz de Laura se aproximava:

— Controle as palavras, Odair. Fale pouco, que eu resolvo.

Quinze para a meia-noite e eu estava com quatro fichas no bolso e uma na mão, diante do mesmo telefone, com a mesma sombra me olhando do posto da Polícia Militar. Virei as costas para ela e disquei o número. Antes mesmo de completar o primeiro toque, a voz rouquinha:

— Sim?

— É André Devinne.

Eu já estava definitivamente contaminado pela minha própria importância. Pior: ela percebeu, porque senti no tom respeitoso que se seguiu um iniludível traço de ironia.

— Ah, pois não, seu Devinne. O doutor Cid terá o máximo prazer em conversar com o senhor. Ele se interessa bastante pelo seu trabalho.

Doutor Cid? E o tal Antônio que contratou o anúncio? Ora, um empregado. E a Voz, a secretária profissional. Um homem rico. Duas hipóteses, todas ruins: a) o filho, um vagabundo que vive batendo o carro do pai, vai fazer vestibular na Federal, onde já levou pau três vezes, e precisa de aulas particulares de redação, com ênfase artística, porque o garoto tem muito talento. b) O doutor Cid é um luminar positivista desocupado que acaba de escrever uma teoria teosófica sobre a Nova Ordem Político-social-transcendental no Terceiro Milênio e precisa de alguém que lhe estruture as frases e ponha acento nas palavras. Laura tinha razão: eu sou um indivíduo desagradável, mal resolvido, um pequeno caroço estufado. E azedo:

— Ah, que interessante. A senhora poderia me informar do que se trata?

Ela hesitou um segundo: percebeu meu azedume e tentou botar mais açúcar, mascavo, na voz:

— Bem, senhor Devinne, eu gostaria muito, mas infelizmente não estou autorizada. O doutor Cid gostaria de falar com o senhor *pessoalmente*.

Me fiz difícil.

— Sei.

Ouvi sons abafados. Cochichavam. Riam? Rouquinha, crescentemente respeitosa:

— Senhor Devinne, por favor. Posso lhe adiantar que a proposta que ele pretende lhe fazer é *muito boa*. Mas claro, a última palavra é sua.

Ela parecia nervosa. Comecei a viver a interessantíssima sensação de alguém que está muito próximo de ganhar um prêmio na loteria. Falta um algarismo só para fechar o milhar mas eles já estão pagando adiantado, pacotões de dólares. Começo imediatamente a escrever *Como matei todos eles*, ao mesmo tempo em que destruo, a marretadas, o terminal de computador da seção de classificados. Antes ponho um anúncio na primeira página: LAURA: ESTOU RICO! VENHA!

— Tudo bem. Podemos conversar, desde que não seja pela manhã.

(Crueldade minha: Laura nunca se incomodou muito com dinheiro.)

— Ah, que ótimo. Desculpe a inconveniência, mas nesse momento o senhor está ocupado?

— *Agora?!* Mas...

— É que o doutor Cid viaja amanhã cedinho. Ele é um homem muito ocupado, durante o dia não sobra tempo, e ele não gostaria de viajar sem deixar tudo resolvido.

Coloquei outra ficha, trêmulo. Agarrar pelo chifre.

— Compreendo. Bem, pode ser agora. Para falar a verdade, não poderia ser um momento melhor. — Comecei a calcular o dinheiro do táxi. — Qual o endereço?

— O senhor está onde, nesse instante?

É óbvio, eles vêm me buscar! Sempre pensando pequeno.

— Na praça Zacarias. — Não resisti: — O doutor Cid vem de helicóptero?

Ela riu gostosamente. Fiquei feliz.

— Ah, seu Devinne, o senhor é um torneiro mecânico muito engraçado. Curitiba é moderna, mas não tanto assim... Helicóptero, ahah! — Fiquei em silêncio, gozando meu êxito. Bem que aquela voz poderia ser a voz de Laura, resfriadinha.

— Falando sério, agora, seu Devinne. O senhor está sozinho?

— Sempre estive sozinho. Sou escritor.

A graça não caiu bem, desta vez. Senti vergonha. A Voz profissionalizou-se — apenas um milésimo, mas o suficiente para que cada um soubesse o seu lugar. Fiquei um tantinho angustiado.

— O senhor pode me esperar na frente da igreja Bom Jesus? Na Rui Barbosa. — Com meu pequeno silêncio, que talvez fosse desagrado, ela explicou: — É que facilita meu caminho.

— Ah, claro. Posso sim. — A angústia miúda continuava. Eles não pareciam mais tão ricos assim. E me trariam de volta? Novo e rápido cálculo do dinheiro do táxi.

— Ótimo. Como o senhor está vestido?

— Malvestido.

Agora ela riu solto, de novo, e me senti aliviado. Que processo difícil é conversar! Manter o tom sempre no nível exato do prazer, do humor e da conveniência! Depois do riso, a repreensão:

— Ah, seu Devinne...

— Desculpe a brincadeira. Eu estou com uma calça jeans, de tênis, uma jaqueta velha. — Era irresistível: — Eu próprio sou velho.

Novo riso, nova profissionalização da voz, desta vez não tão aguda:

— O senhor é *mesmo* engraçado. Agora entendo porque o doutor Cid adora os seus livros.

Mordi a língua para não dizer: *mas só escrevo tragédia! Esse idiota ri do quê?*

— Que bom. É um prazer raro encontrar alguém que gosta dos meus livros. — Lá fui eu: — Mais raro ainda do que encontrar alguém que leia o que eu escrevo.

Coloquei outra ficha. Enquanto eu não conhecesse a Voz pessoalmente o mundo continuaria sendo maior. Era fatal que aquele som rouquinho não teria nem a mais remota semelhança com Laura. Pior: a Voz era amante do doutor Cid, um executivo corrupto a serviço de alguma empreiteira, que me daria um chute na bunda assim que eu fixasse os olhos nas coxas da secretária. Voltaria a pé para a José Loureiro.

— Então eu pego o senhor em quinze minutos. Está bem assim?

— André, você não vai nunca fechar aquele poço? As tábuas estão todas...

Cinco segundos: o tempo em que pontos e espantos de vista se chocavam tão súbitos que quase se ouvia o ruído de olhares; as novidades precisam ser processadas instantaneamente, pesadas as variáveis, ponderadas as hipóteses, e mais ainda quando entre duas ou três pessoas se instala o mal-estar, o desajeito, a perna torta, quando os doze volts da tensão diária sobem súbitos para cinqüenta, quando uma filha puxa a calça jeans da mãe, e resmunga: *Vamos pra praia mãe, ah, vamos, a Lucila já foi na Joaquina, a...* — e quando se sente, depois de oito anos de respiração, que o homem com quem se vive está *perturbado*, dissimula, *foge*, quando é visível o esforço da palavra que rompe:

— Laurinha, olha só quem está aqui — *tudo tão brutalmente falso, que ela sofre com ele* — meu velho amigo de infância, o Odair. — *Uma sensação ruim, ver o seu homem sacudir carinhosamente o ombro do espectro, num quebra-gelo amador* — Quantos anos, hein, velhão!?

Do lado de lá, uma timidez inesperada — não, não é timidez, é o encolhimento involuntário da pobreza, tão vociferante no seu próprio espaço, e já completamente muda diante do Ouro, do Rei, da Revista Colorida, da Lei Sagrada, da Hóstia, da Polícia, do Bairro dos Ricos, do Portão Automático, da Mulher Perfumada, da Arte, da Palavra Bem Pronunciada, da Televisão. *Encolhimento* — como se só agora, diante de Laura, ele percebesse na carne, nos arrepios da miséria, o tamanho da Desgraça que a só presença dele ali representava. Uma confrontação difícil — Juliano engolir o velho fantasma dando-lhe comida na boca, um fantasma que finge aceitar as regras do jogo. Tudo ao mesmo tempo, um idiota que súbito percebe o óbvio: *Não me querem — eu sou um osso.*

— Pois é — doeu-lhe a perna manca, entortando o sorriso — foi uns vinte anos de...

Laura estende a mão, e o sorriso ainda dúbio (dúbio não por ele, Odair, não pelas linhas do rosto mal desenhado, do nariz torto, da couraça de uma espécie que não é a sua, do tom de voz, estrangeiro no mau sentido, mas por André, que está sofrendo duramente, ela *sente*):

— Tudo bem, Odair? — *Vamos, mãe, pra praia,* e a súbita carranca, de nervos: — Quieta, Júlia! Fique quieta! — ao mesmo tempo em que protege a cabeça da filha contra sua perna. (Em nenhum momento o estranho tomou conhecimento da menina, nem o gesto mecânico da mão nos cabelos, nem a curiosidade de um breve olhar.) Mas a simpatia se recompõe:

— Amigos de infância? E você...

— É de São Paulo, o Odair — um pouco bruto demais, até um passo à frente, que ela não contestasse.

Não é; é de Curitiba, o sotaque não engana. Eu amo no André a dissimulação; eu me casei com um jogo, e gosto dele.

— E está aqui de passagem? Mas vamos sentar! Chegou agora de viagem?

Odair olhou para Devinne — *que merda de teatro é esse? que devo dizer?* Devinne puxou-o para a sala, talvez para intimidá-lo mais no paço real em que cada linha, cor, cadeira e gesto tinha o código da nobreza, da fineza, da riqueza, aos olhos de um degrau tão mínimo como o de Odair.

— Ah, mãe, vamos... — e puxava-lhe a calça, até a explosão.

— Júlia, quieta! Vá já pro seu quarto e espere lá! — A menina rompeu o choro e correu; os pais se alarmaram (por outra razão: havia um Desastre se erguendo) mas num segundo Laura recuperou-se, o desespero que se fingia bem-humorado: — Filhos, filhos, filhos... melhor não tê-los! Desculpe, Odair. Essa menina me deixa louca! Quer... uma cerveja?

Bronco, Odair fez que sim, ainda tentando encaixar seu corpo descomunal na estranha delicadeza — ou estranheza — daquela sala; e apontou um quadro vermelho com o dedo grosso, até quase tocá-lo:

— O que é isso?

Laura parou e voltou-se, desarmada pelo interesse.

— Uma marinha. Ou o que você quiser que seja... — Sorriu, como quem joga uma corda. Quem sabe ela estivesse ficando louca? — e foi buscar bebida na cozinha. De novo Devinne puxou o intruso, agora para que sentasse, com a mesma tensa simulação, ainda tentando descobrir alguma ilusão libertadora:

— Mas você nem me disse onde está instalado!

Odair amarrou os olhos de Devinne, como quem duvida, e logo armou o riso que se transformou na gargalhada bruta, balançando os cabelos da cabeça:

— Eu não acredito cara, porra! Grande... como é mesmo? grande André Devile! Ahah!

A garra no braço:

— Devinne, Odair, Devinne...

Ruído de copos, e Laura reapareceu. *Insistir; a normalidade se constrói, não cai do céu, e eu estou ficando louca. São velhos amigos. Têm velhos segredos. Estão tensos porque todas as distâncias entre eles são grandes. Odair tem pouca instrução, e se envergonha disso; e André se envergonha de ter um amigo assim e luta contra a vergonha porque não devemos ser assim; devemos ser pessoas de coração aberto, limpo, generoso — cumprimentar alguém e pintar um quadro são igualmente gestos éticos. O André precisa de mim, e eu preciso sinalizar, mais uma vez sem dizer, que estou com ele. Ele é o meu jogo.* Gentil:

— Mas por que você não fica aqui com a gente uns dias?

André Devinne iluminou-se com a idéia da mulher, um tapa carinhoso no joelho do amigo:

— É claro, Odair! Tem um quarto vago ali, especial pra você. Que tal?

Quem é o homem com quem eu durmo todas as noites? E Laura começou a encher o copo de Odair:

— Com espuma, Odair? O André gosta com espuma.

Odair nem precisou fazer que sim, porque o corpo dele inteiro era um sim espantado, contemplando aquele néctar subindo no cristal como quem vê uma propaganda na televisão. Laura deteve-se um segundo em André, na ansiedade de imaginar o que ele estaria pensando, neste pequeno trecho de alívio no jogo, e era simples — *Engraçado: Odair, o tosco, também vive uma vida abstrata.*

Lá estou eu, em frente ao Bom Jesus, aguardando minha Redenção, o Bilhete de Loteria, a Grana, a Aventura — ou, na pior das hipóteses, uma voz rouquinha já praticamente apaixonada por mim, pronta a substituir o vazio — o vazio no estômago, na alma — que Laura me deixou há dois anos. A Voz me compreenderá. Ficarei íntimo dela, de modo que os encontros com o ocupadíssimo doutor Cid, a fim de realizar sua misteriosa encomenda artística (ele quer um *escritor*), serão apenas um disfarce para encontrar e amar a minha Voz. Enquanto isso, aguardo, contemplando o claro-escuro da praça com seus ônibus articulados, suas filas ralas e sombrias da meia-noite, seus mendigos e suas crianças — e ouço, exatamente como nas histórias de fadas, as doze badaladas do relógio da igreja.

E eis que o Mercedes do doutor Cid se transforma em abóbora, na forma de uma Brasília encarquilhada, fumegante, sem cor, que pára diante de mim e abre uma porta velha — e eu vejo, além do braço estendido, um banco igualmente velho, rasgado, torto. Tudo ali range. Abaixo a cabeça e olho para dentro da arapuca, já esperando um travesti — é claro, um engano, um rapaz desfrutável como eu à beira da calçada da Rui Barbosa, meia-noite, que outra explicação?

— Senhor André Devinne?

— Você é a Voz?

Ela riu, ocultando o rosto com as mãos, balançando a cabeça, bem-humorada, diante deste impagável André Devinne.

— Eu mesma.

E olhou para a frente. Usava óculos, um lenço nos cabelos, roupa escura — dentro do carro tudo era escuro. Sem luz no painel. Simulando má vontade, fechei a porta, que, claro, não fechou — tive de quase destruí-la, na terceira tentativa, para que fechasse. A Voz passou a mão por trás da minha cabeça e apertou o pino da trava. Senti um leve perfume. Ela engatou a primeira e arrancou. Só conseguia ver uma nesga de suas pernas quando o carro passava sob a luz de algum poste. Três quadras adiante o silêncio começou a pesar.

— Demorei muito?

Uma voz profissional. Uma mulher determinada. A voz de Laura quando ficava irritada, mas essa mulher não parecia irritada.

— Não. Eu tinha acabado de chegar.

Pensei em fazer humor sobre aquela tralha que nos levava, mas seria indelicado — a Voz era profissional o tempo todo. Evitei olhar para ela, naquele escuro. Seria inquisitivo e vulgar. Os escritores são pessoas finas que, mesmo chafurdando na lama, pairam sempre muito acima da horda de analfabetos que deviam alimentá-los mas que nem para isso servem. Comecei a detestar aquela Voz. Tirei um cigarro do bolso.

— A senhora se incomoda?

O "senhora" foi agressivo — a Voz teria no máximo 30 anos — mas ela não pareceu incomodada.

— Por favor, fume à vontade. O doutor Cid fuma de duas a três carteiras por dia.

— A senhora trabalha com ele há muito tempo?

— Sim.

E mais nada. Já estávamos quase no alto da XV. Boa motorista. Rápida, eficiente, silenciosa. Pensei em dizer que se um dia eu ficasse rico iria contratá-la para trabalhar comigo. Mesmo porque eu nunca aprendi a dirigir, menos por pobreza e mais pelo ranço atávico de um sobrenome que não tem o hábito dos trabalhos manuais. Olhei para suas mãos. Dedos finos no volante, e dava para sentir um brilho de unhas bem feitas. Certamente uma boa datilógrafa. Teria lido algum livro na vida, além de Castañeda e Danielle Steel? André Devinne, por exemplo. A mulher começou a me irritar. Por que Deus me fez tão inseguro?

— Você é sempre quieta assim?

Puxar conversa é uma confissão de derrota. Já não me restava nada da Distância Superior e Educada do Grande Escritor Contratado. Estranho, óbvio, inevitável: ninguém fala naturalmente com ninguém. Todas as pessoas trazem no bolso (ou na bolsa) um sextante de alta precisão para o cálculo das distâncias, das probabilidades e dos horizontes. Nem os bêbados se entregam mais, porque no final da noite vem a conta — ou a polícia. Laura e eu tentamos e não conseguimos — ela desistiu. E o que respondeu a Voz? Nada. Riu solto e balançou a cabeça, sem tirar os olhos da rua. Falar nisso, onde estávamos?

— Que lugar é esse?

O carro virava aqui, virava ali.

— Jardim Social.

Talvez fosse o caso de acertar logo o retorno, nessa casca velha mesmo — no mau humor em que eu estava, a conversa com o doutor Cid seria um desastre, e eu estava pronto para soltar a língua contra essa corja de vagabundos que pensam que os artistas são figurinhas contratáveis a troco de qualquer coisa. Aliás, por que eu me sujeitava àquela situação ridícula?

Abri a boca para protestar, mostrar à Voz que *eu não estava mais interessado em coisa nenhuma que...* — e o carro parou diante de uma muralha de três metros de altura. Bem no meio, um portão automático começou a se abrir. A Voz disse:

— É aqui.

E eu me calei, porque as crianças não resistem a uma situação nova, ainda mais automática. Avançamos para um pátio onde havia outros três carros — carrões, na verdade — e quando torci o pescoço para trás o portão automático já se fechava. Cães latiram furiosos em alguma parte, e eu me encolhi. Odeio cães.

— Não se assuste. Estão presos.

E ela pôs a mão suave no meu joelho, o que, de fato, me tranquilizou. Olhei diretamente para o rosto da Voz, pela primeira vez, mas foi só um segundo, porque ela já saía do carro e dava a volta para abrir a minha porta, *com a chave.* Talvez — pela minha imobilidade idiota, na verdade medo dos cães — eu não conhecesse o sistema de se travar e destravar as portas dos carros pelo lado de dentro. E estendeu a mão para me ajudar, como se faz com as velhinhas, mas com tanta naturalidade que me acalmei — a mão dela era quente. Uma mulher da minha altura, porém elegante — nada do meu jeito, daqueles que, por não caberem em si, no próprio corpo, andam sempre se espichando para os lados ou para a frente, porque a roupa está torta e a alma tenta escapar. Já quase à vontade (os cães em silêncio), olhei para os carrões. Havia mesmo um Mercedes branco, magnífico sob a luz do jardim.

— Por que não foi me buscar nesse aí?

Era para ser uma brincadeira, mas o tom saiu agressivo, quase uma cobrança. Mordi a língua. Ela não percebeu, suavizando a resposta com uma risada.

— Não deu tempo. O manobrista não estava aqui.

Fui atrás da Voz, fazendo um mapa mental de uma geografia hipotética em que um carro ficasse atrás de outro naquele espaço. Impossível. Agora mesmo, lado a lado, qualquer um dos quatro sairia imediatamente. A Voz *mentiu*. Enquanto ela remexia o chaveiro atrás da chave da porta imensa, percebi alguém — uma sombra — se movendo próximo aos carros. Segurança. Quanto eu cobraria do doutor Cid? Só o desconforto da hora extra já valia em dólares. Talvez eu conseguisse ficar um ano sem trabalhar no lixo dos Classificados, alugar um apartamento civilizado, arranjar uma boa namorada e começar um novo livro, depois de quatro anos de promessa. *Uma idéia, André Devinne, tudo que você precisa é de uma boa idéia, e quando a Laura amada abrir seu novo livro, esteja ela onde estiver, ela passará um telegrama: AMO VOCÊ. TÔ CHEGANDO.*

Enquanto nada disso acontece, sigo minha Voz — que é magra, mas exatamente magra — num corredor mal iluminado. Ela pára um instante, tateia a parede atrás de um interruptor e acende uma luz — que finalmente mostra a cor de seu vestido, azul-escuro, um casaco também azul-escuro, e a cor dos cabelos (castanhos) mal ocultos pelo lenço também azul, também escuro, que agora ela arranca da cabeça, por conforto próprio, e não porque estou olhando, mesmo porque o que interessa é a escada que desce em linha reta, por onde vamos, ela determinada, eu indeterminado, já esquecido dos dólares mas me povoando de estranheza, juízo suspenso — certamente em poucos passos estarei diante do extraordinário doutor Cid, que precisa — é óbvio! — redigir um documento que mostre clara e eficientemente as razões de se construir uma hidrelétrica no coração da Amazônia, um documento sigiloso que não só vale ouro como valerá bilhões se for convincente e chegar a tempo, isto é, antes da concorrência, de tal modo que tornará a própria concorrência *dispensável*, digamos assim, o senhor compreende, não, senhor Devinne?

Acordo súbito com outra porta aberta, desta vez transbordante de luz. Uma saleta simpática, zumbido de ar-condicionado, poltronas, mesinha, revistas, tevê, vídeo, aparelho de som, prateleiras com bibelôs e livros, bebidas, escrivaninha com um micro e uma impressora. Afinal a Voz olha para mim com um pouquinho mais de atenção:

— Chegamos, senhor Devinne. É aqui!

E estende o braço com um jeito sorridente de quem me oferece um apartamento para alugar, tão bom que ninguém recusaria. Aceito o jogo: faço um ar profissional, mãos nos bolsos, de quem não está assim disposto a assinar a escritura sem mais nem menos. Vou direto ao assunto:

— O doutor Cid?

— Ah, desculpe. Ele já vem. O senhor aceita uma bebida? Que solução?

— Uísque.

Ela abre uma porta que se revela um frigobar, de onde tira gelo.

— Duas pedras?

— Quatro.

Sempre profissional, prepara uma dose generosa — é um 12 anos — e deixa a garrafa aberta no balcão.

— Por favor, sirva-se à vontade.

— Você não vai beber?

Profissional, é claro:

— Não, obrigada. Senhor Devinne, o senhor me dá licença um instantinho? Vou chamar o doutor Cid. — Da porta: — E desculpe todo esse transtorno. Ele já vem falar com o senhor.

— Tudo bem.

E dou um gole gostosíssimo de uísque.

Uma suíte! Jogou a mochila no chão e sentou-se na cama, limpa, delicada, feminina — quadros nas paredes, uma janela, uma cortina verde de pássaros. Tudo isso teria um nome, se Odair soubesse articulá-lo: *redenção*. Diante do perfume assim suave do novo espaço, sentiu o próprio cheiro, ruim, azedo — um homem imundo, que contaminava. E a vergonha de se cheirar em público, com o súbito rosto de Laura na porta ainda aberta:

— Fique à vontade, Odair. Tem sabonete, xampu, toalha no banheiro.

Ele fez que sim, parvo e ainda cínico — não havia mecanizado o jogo simples do agradecimento, mágico, funcional, suavizante. Bastava dizer "obrigado", e as portas iam se abrindo. Antes tarde:

— Obrigado.

Uma última recomendação (*Eles têm medo de mim?*):

— Você deve estar cansado. Se quiser, tire um cochilo até a noite. A gente te chama na hora da janta. E à noite vem um pessoal amigo aí. Tudo bem?

Ele fez um *huhum* que parecia cínico, mas era apenas ignorante — e Laura fechou a porta com o mesmo sorriso agradável. *Ela não consegue ler meus pensamentos.* Atento, Odair ouviu as ranhetices da menina, perseguindo a mãe no corredor — ... praia, mãe... você... Fique quieta! ... que chegou o amigo do pai... — e quase o grito *Eu não gosto dele!*, que a mãe calou com um tapa. Não ouviu mais nada. Virou a chave vagarosa e silenciosamente; agora estava seguro.

Reflexo condicionado, foi abrindo as gavetas da cômoda, as portas do guarda-roupa, esmiuçando as prateleiras, mas tudo que encontrava era neutro: lençóis, fronhas, blusas, bibelôs, desodorantes, grampos, escovas, um ursinho. Várias revistas, nenhuma delas de mulher pelada. Toalhas coloridas. Óculos escuros de vidro arranhado. Uma moeda. Caixinha de lápis de cor. Figurinhas do Garfield. Voltou a sentar-se na cama, e uma voz de vinte anos veio-lhe à memória: *Você é burro, Odair. Você é muito burro.* O coração se acelerou; para se distrair ele começou a desabotoar a camisa de um mês no corpo, olhando as unhas negras dos dedos do pé sujo, arreganhados no chinelo, e descobriu que a calça já descosturava entre as pernas. O coração se acelerou mais. Foi arrancando aquele lixo do corpo, até se ver nu diante do espelho do guarda-roupa branco. A perna esquerda, mais curta e mais seca que a outra — apalpou a cicatriz das costas e sentiu as dores das vergonhas todas, até os pêlos eram sem método, e ao forçar o bíceps (um homem ainda forte) desejou não ter feito nunca a tatuagem no braço, que agora ele coçava sem esperança. O grande André Devinne. Era grande mesmo, maior do que ele poderia ter imaginado. Mais uma vez, ele quase tocou o coração da palavra: *redenção*. Estava chegando perto dela, mas ainda não formulava coisa alguma, na angústia de se livrar dele mesmo o quanto antes e descobrir todas as regras daquele novo jogo. Arrastar Juliano para um boteco, repassar a vida inteira e colocar as cartas na mesa: é *disso* que eu preciso. Não fazer burrice alguma. O coração disparando: *você é burro, Odair. Você vai se foder a vida inteira porque você é muito burro.*

Triste figura diante do espelho. Tudo, cada detalhe, do trinco ao lustre de palhinha, conspirava para que ele se tornasse *pior*. A força terrível do espaço: ele existe para acolher, mas nos esmaga. Ficamos brutalmente desenhados nele, num desequilíbrio nauseante. Como se percebesse o descompasso, Odair decide arrancar a barba, ou aquele amontoado de pêlos que se entrançava no queixo. Com a tesoura do armarinho, vai amontoando feixes na pia; depois, com o aparelho e a espuma do sabonete, percorre as cicatrizes do rosto, até deixá-lo iluminado; seco, pontiagudo, torto, mas iluminado. Odair sorri. É a alegria assustada de um rosto muito pequeno, tão macerado aos 42 anos, no fundo de uma cabeleira igualmente desproporcional. Pega a tesoura (outro impulso) e persegue o círculo do pescoço, com uma habilidade que o faz rir. Julga-se: não está mal. Pelo menos o começo está bom.

Ao abrir a torneira, vive o terror das *coisas*: a pia está entupida de pêlos e cabelos. Olha em volta, mas não há lixo. Abre o vaso e joga nele os seus restos; em seguida, faz pressão no ralo da pia com os dedos, como aprendeu na cadeia, e o sistema dá certo. Com papel higiênico, limpa e seca o cor-de-rosa da louça. Aperta a descarga: *tudo* deu certo, até aqui.

Debaixo do chuveiro, abre a torneira — água morninha, exata — e investiga cada um dos frascos, potes, objetos que estão diante dele: xampu, condicionador, pedra (pedra?), esponja, sabonetes de cores diferentes, lixas. Da janelinha aberta logo acima vê uma faixa de céu e uma faixa de morro.

Encharca os cabelos de xampu e se esfrega com um prazer que beira a fúria, vendo a espuma descer pelo corpo com a água suja de um homem sujo (mas que agora descobriu a *senda da salvação*, como o pastor gritava), e esfrega o próprio sexo ensaboado num desejo repentino de se masturbar, desejo que se frustra no mesmo instante em que se formula, os olhos fechados com força apagando a imagem de Laura (o braço moreno de sol com pelinhos dourados vertendo cerveja no copo) e mais um redemoinho de carnes plastificadas na parede, nas muitas paredes de uma vida inteira. *Muros. Arames. A canção do pastor.* Cochicha:

— Estou perdendo de novo.

Você é muito burro, Odair. Bebe daquela água, lava-se, esfrega-se, espuma-se, toca cada um dos ossos que estão tão próximos da pele, toda ela marcada.

— É fome, essa tontura.

Outro grande prazer: a magnífica toalha. Se ele pudesse, ele diria: *a purificação completa das dores do corpo.* Pesquisa os frascos do armarinho. Passa uma colônia verde no queixo, sente queimar a pele branca. Esguicha desodorante no sovaco, que também arde. Esfrega dolorosamente uma escova nos cabelos, até deixá-los soltos. Vê que o corte não teve qualquer simetria, mas não há angústia mais. Está tonto, mas ainda não perdeu o sentido das *coisas*: investiga o espaço para descobrir se deixou algo fora do lugar. Enxuga a água do chão com um tapetinho. Uma tensão difícil. Dá alguns passos em direção à cama, joga-se nela, e dorme, antes mesmo de desenhar um pensamento.

A primeira dose durou o tempo de investigar aquela sala a um tempo despojada e elegante; até o tapete, onde eu afundava os pés com prazer, era discreto. Havia duas portas fechadas nos fundos, que não abri, menos por educação e mais por medo do flagrante. As bebidas eram boas, e fartas; uma ótima coleção de cedês, entre clássicos e jazz, como se preparada especialmente para mim (pelo menos ao André Devinne recém-casado, repartindo a felicidade com Laura no sofá confortável, pago em prestações suportáveis, e ouvindo Billie Holiday, triste, rouquinha, tesuda, em discos discretamente arranhados); revistas recentes, compradas em banca, como descobri logo, procurando o selo de assinante atrás de um nome; um ótimo som, ainda que da mesma marca do meu primeiro três-em-um, que destruí a marteladas depois do quinto conserto, fora de mim (onde, aliás, nunca estive perfeitamente), diante de uma Laurinha mais preocupada com o vizinho que com o delicioso esmagamento daquele lixo eletrônico japonês de última geração. Só de lembrar, me irritei, logo numa noite dessas, prestes a assinar o contrato da minha vida, pequeno Fausto curitibano, a um centímetro de vender o resto da minha alma e todo o ferro-velho da minha memória (exceto Laura) por uma, quem sabe, hidrelétrica na Amazônia, um depósito de lixo atômico em Guaraqueçaba, um programinha publicitário de apoio ao menor carente da praça Osório.

Pára, coração! As pessoas desagradáveis, mal-amadas, surradas que nem eu, vão dia a dia perdendo o controle do próprio rancor, que passa a ser a única face visível da existência inteira. Como Laura suportou tanto? No entanto, ela era — é — a única pessoa que já tive completamente dentro de mim, tão completamente que até o gesto que faço para encher o segundo copo (enquanto Rockfeller não aparece) é um gesto emprestado de Laura.

Para esquecer, acendi um cigarro e passei os olhos nos poucos livros da estante — os livros são os únicos verdadeiros paraísos, e cabem na mão — e percebi imediatamente que quem os colocou ali era um amador. Ou a diarista, como diria Laura. Dois deles com a lombada para dentro, uma heresia angustiante. Nem tanto: tratava-se de Harold Robbins e Morris West. Fui correndo o dedo pelas lombadas. Dalton Trevisan. Stephen King. Lista telefônica. Dürrenmatt. Mantenha-se fisicamente em forma. Voltaire. Almanaque da Mônica. John Fowles. Gramática normativa da Língua Portuguesa. Jorge Amado. Guia Vídeo 1991. Dicionário Aurélio. Patricia Highsmith. O Tao da Física. O pequeno príncipe. Epson User's Manual. Outra lista telefônica. O segredo das plantas. Comecei a rir: como as estantes são democráticas, caóticas, receptivas, incongruentes! Era impossível traçar um retrato de leitor por essas amostras. Um camelo com pescoço de girafa e tromba de elefante. Míope. Gago. (Todos os meus símiles são negativos. Laura me desafiava: escreva uma história de amor que seja feliz e não seja idiota. Mas meu amor, eu dizia no tempo em que os animais falavam, a felicidade é idiota. Somos capazes da alegria, até duradoura. Mas quando alguém me fala que é feliz, me transporto imediatamente para uma platéia neanderthalense de um programa de calouros da televisão.)

As pessoas renitentemente frustradas, como eu, têm medo até do que gostam, como os livros. Voltei as costas à estante e me concentrei no aparelho de vídeo, devidamente conectado a uma vistosa televisão de 20 polegadas, tudo com controle remoto. Duas fitas de locadora: *A casa da Rússia* e *Operação França II*. Acendi outro cigarro. Talvez fosse o caso de me refestelar na poltrona, encher outra dose de uísque, com mais gelo, colocar uma fita no aparelho e esquecer completamente que o Demônio viria em breve comprar minha alma por um bom preço. Um bom preço — isso é muito importante, quando se chega aos 40 anos. A sociedade — mesmo a brasileira — é sábia, dá tempo ao tempo, como na Bíblia. Batemos a cabeça, sonhamos, viajamos, descobrimos a Verdade, e em breve encontramos sossegadamente nosso lugar, seja embaixo do viaduto do Capanema, seja em cima de um prédio da Guarapuava, em qualquer caso *por um bom preço*. Laura dizia: Mas de onde diabos (ela falava assim: *de onde diabos*) você tirou esse moralismo cristão-xiita? Pior: *católico*. Você vai à missa? Comunga? Se confessa ao padre? Fez promessa à Virgem Maria? Arrasta a cruz pro padre Cícero? Jesus abençoou sua testa com a varinha do bem e do mal? Você é profeta? Nasceu com alguma sina a cumprir?

Todo escritor é um moralista, Laura. Os bons, são moralistas confusos. *Você é um moralista tão transparente... Desculpe, eu não quis dizer isso, André.* Fingi não entender. Eu acreditava no que dizia: escrever é, por obsoleto que pareça, corrigir o mundo inteiro, que sofre de defeito congênito. Inventamos tudo de novo, porque o que existe não presta. *Mais uma razão para criar felicidade.* Comecei a rir. Por que Laura se mete no meu trabalho se eu jamais dei palpite na picaretagem junguiana que ela comete com sua clientela insegura? *Então pare de tentar escrever por uns tempos. Faça uma horta, plante cenoura... não, plante bananeira, que é mais saudável!* Agora nós dois rimos. Plantei bananeira, mas, bêbado, tive de me apoiar na parede. Percebi, de cabeça para baixo, o olhar de minha amada em direção ao risco negro que meu velho sapato fazia na pintura branca. O espaço é uma entidade terrível.

Como esta sala, que não tem janelas! Apenas quatro aberturas compridas e estreitas, de vidro fosco, logo abaixo do teto, onde provavelmente começa o verdadeiro chão da terra. *Estou abaixo da terra* — mais um símile negativo, mas a desgraça, quando inevitável, deve ser cultivada com o humor superior dos escritores. De onde vem esse zumbido?

Resolvo abrir a porta mágica do frigobar no instante mesmo em que o doutor Cid aparece na outra ponta da sala. Amador, fecho imediatamente a porta do gelo; mais amador ainda, sinto vergonha, diante daquele senhor simpático (e metálico) que me estende a mão:

— André Devinne! Mas como você é jovem! Por favor! — e sou educadamente levado à poltrona.

Primeiras impressões: ele tem cara de cavalo; não, cara de delegado da Polícia Federal, isto é, queixo sólido (buldogue), bochechas proeminentes, mas também sólidas, pescoço grande, olhos dissimulados (o que quer dizer isso? Exatamente: os olhos não dizem nada) atrás de uns óculos de aro de metal, o que lhe dá um certo ar de professor universitário da área de ciências humanas, em contraste com as mãos grandes e peludas de um ex-operário da construção civil; o terno, a gravata, as cores apagadas, o corte, a elegância, tudo está de acordo com o uniforme de um gerente do Citibank, e a inclinação do corpo ao me indicar a poltrona tanto pode ser a de um dentista diante de um cliente particular, sem convênio, quanto a de um vendedor de automóveis prestes a desencalhar um Santana equipado com som estéreo e alarme com controle remoto, só vinte por cento acima da tabela. A voz? A voz tem a odiosa determinação desta espécie rara dos Homens-Que-Sabem-O-Que-Querem-E-Não-Estão-Aí-Para-Conversa-Fiada. Quando ele se senta, revela que as meias combinam com a cor da camisa. Olha para mim e sorri, balançando a cabeça: é o sorriso de um homem que acaba de fazer uma grande conquista e sente orgulho disso. (Mas há algo estranho: aquele brilho no fundo da boca é de um dente de ouro?)

— André Devinne, vejam só! — ele realmente parecia *não* *acreditar!* — Sou seu leitor e seu admirador.

Imaginei que deveria ser grato. Laura me dizia, sempre: *Acostume-se a pensar pelo menos um segundo nos outros. Não custa nada e vale uma humanidade inteira.* Laura passou anos a fio tratando de mim, sem resultado.

— Obrigado, doutor Cid.

— Por favor, por favor: esqueça o *doutor.* Não tenho nem o curso primário, ahahahah!

Ri junto, intrigado: aquela risada era a tromba do camelo, também não tinha lugar. O analfabeto continuou olhando para mim, sorridente, como quem não sabe por onde começar, mas está felicíssimo por ter de começar. Sentado na beirada da poltrona, ele esfregava as mãos, abria e fechava a boca, olhava para mim, depois para o chão, depois para mim, atrás de um bom começo. Era um prazer evidente essa procura. Afinal:

— Imagino que escrever deve ser um trabalho muito agradável, não?

Gostei do começo.

— É. É um prazer. — Quase desandei a fantasiar as maravilhas do meu trabalho, mas me refreei sob a memória de

Laura (*pense nos outros*). — E o senhor, se me desculpa, trabalha com quê?

Ele olhou fixo para mim, sempre alegre:

— Eu também trabalho com prazeres alternativos. Entre outras coisas, sou traficante.

De fato, comprovei: havia lá no fundo da arcada um dente de ouro.

3/mar/80

A Lisa passou aí com a filha e levou a Júlia pra Joaquina. Que alívio! Posso acabar a Marinha IX sossegada. Amanhã, que é domingo, começo a X. Também azul. Penso em dividir em séries (para a exposição): série azul, amarela, vermelha. Todas 60 por 40. Sinto que cheguei a um equilíbrio de formas e cores. Melhor dizendo, unidade.

Um dia tão bonito, tanta preguiça! *Desejos.* Desejo de voltar à forma humana. Semana passada esbocei dorsos, pélvis, peitos, braços (nem falei nada, muita insegurança). Desejo de pintar André, desejo de André, desejo André. Ele fica tão engraçado lavando o carro! Ele adora se torrar no sol, suar bastante, só pelo prazer do banho. Depois a gente se agarra, no final de tarde. Não hoje, que entrou areia. Ele tem cada vez mais um jeito de penitente. Semana passada falamos sobre a exposição no Centro de Cultura. Engraçado, às vezes acho que ele não quer que eu exponha. Ou ele não quer que eu *me* exponha? Aquele silêncio dele sempre teve um jeito assustado. Quer dizer, lá no fundo. Tenho um medo terrível de que ele entre em competição comigo. Ele não fala, mas eu sinto que ele ainda se *sente* incompleto. Eu disse pra ele: escreva um livro. Escreva um diário. *Escreva.* Eu sei que ele escreve muito bem. Ele tem um fogo imenso no coração, mas está sempre duro, preso, encostado. O André *não fala*. Ainda bem que minha mãe não vem pra cá dessa vez. Por que será que eles se odeiam? Eu curto tanto a minha mãe! O André *odeia* família, é tão engraçado. Logo ele que não teve uma, devia sentir saudade do que não conhece. Qualquer dia desses vou voltar aos velhos tempos e puxar umas com o André e arranco o coração dele quentinho pra fora das costelas sangrando na minha mão. Saber tudo. Quem sabe falar tudo, também. Ele pensa que só ele tem silêncio. É tão criança! Ele gosta daquele carro como um menino que não teve trenzinho. Mas desconfio que ele sabe de tudo — tanto, que tem de se penitenciar da própria autocrítica. Penitência. A vida não é sonho, a vida é sofrimento. André Devinne, minha flor da pele. Eu *sinto* que ele precisa *diabolicamente* de mim.

Vontade de fumar. Às vezes, vontade tardia de fumar maconha. Não com o Beto, é claro — ficar ouvindo aquelas indiretas tímidas que me fazem rir. Um idiota. Eu *sinto* que o André percebia. E eu, outra idiota, ficava provocando com vara curta, só para viver a tensão do tesão, horas depois. Falar nisso: o que será que o André anda curtindo com aquela maravilhosa professora de inglês? É engraçado: eu não tenho coragem de perguntar. Eu olho para a cara do meu digníssimo marido — e ele é mesmo, *digno* — e fico quieta, porque sem saber nós vamos costurando nosso pacto de oito anos.

Ele anda preocupado com a Júlia. Como é difícil cuidar de um filho! Está tão mimadinha, tão fresquinha, tão dona do mundo, tão egoísta! Ai, que saco! Deve ser a fase. Bem, o Flávio disse que toda criança é egoísta, e que é preciso mostrar limites. Até me emprestou um livro, *O senhor das moscas*, que estou lendo devagar. Bonito, cheio de imagens. E de crianças. O André quer outro filho, toc toc toc! Nunca, jamais, never. Acho que *eu* que sou a egoísta. O Flávio também disse que todo artista é *um monstro sanguessuga egocêntrico amoral* — e teve a lata de dizer que as pessoas que mexem com arte não são dignas de confiança, vendem a mãe, o filho, o Papa, corrompem, vendem-se, fazem qualquer negócio, mesmo o mais sujo, para pôr pra fora o que *elas* acham que é importante. Pintar um quadro, por exemplo. Filho da mãe. O Flávio sempre tem uma explicação pra tudo. Ele acha que todo mundo é doente. Ora se o André precisa de psicólogo! Só na cabeça dele. Querem estragar o meu homem, querem estragar nosso jogo. Estou tão feliz!

Cores, adoro cores.

O André devia deixar o cabelo crescer, ficar mais alternativo. Ele tem uma cabeça tão boa, mas colocou ela dentro de uma gaiola. Serei eu a gaiola? Não, é o ambiente profissional. Que, aliás, garante nosso rico dinheirinho, o pão nosso e minhas tintas importadas. Ele vai acabar secretário de Estado, mas chegaria antes ainda se fosse um pouco mais ambicioso. Há alguma coisa que trava. E não sou eu. Eu sinto o carinho com que ele me apresenta, o jeito com que ele me olha, aquele silêncio derramado. *Essa é a Laura, minha mulher.* Uma vez ele disse: Essa é a Laura, minha *esposa*, e eu, chapada, morri de rir, derramando vinho no terno dele. Ele ficou tão puto! Me arrastou grávida pra fora e foi a primeira vez que eu vi ele completamente fora de órbita. Ele sofria, gaguejando, mas ele queria me matar — e eu comecei a chorar, porque tem horas que as coisas desabam tanto umas atrás das outras que parece o fim do mundo. Não era coisa nenhuma: era um homem ofendido pelo ridículo e uma mulher bêbada fazendo bobagem. Mas durou quase a gravidez inteira, até que o carinho foi voltando, meio com o rabo entre as pernas, porque a gente olhava em volta e *tudo* era pior que nós dois. A ansiedade de ter um filho. A mulherada faz um baita teatro com isso — e é um teatro mesmo. Uma tragédia, uma mulher rasgada, um homem que não está entendendo nada e quer fazer as coisas de acordo. Uma coisa é verdade: o meu rosto nunca foi tão bonito como durante o tempo em que eu estava grávida. Me desenhei eu mesma, com carvão. Fiquei com cara de santa — tanto, que o André botou o quadro na cabeceira da cama. Fica lá, olhando.

Já está frio, na sombra.

Eu quero falar. Alguma coisa hoje abriu a memória, o desejo de memória. O amigo de André, o esquisitão, talvez, de volta para o passado II, O Reencontro. Eu sei que meu amado esposo, o grande filho-da-puta, andou com a Rosana, outra grande filha-da-puta, justo quando eu estava grávida. Quando contei pro Flávio (do que me arrependo duramente até hoje, de vontade de bater a cabeça na pedra até sair sangue), ele disse que *não acreditava* que fosse verdade. Mas que eu devia falar com o André a respeito, porque (e lá vinha a cagação de regra) é *fundamental* que pessoas que vivem juntas *abram o coração umas às outras. Jamais* falei, e *jamais* vou falar. Quando contei pro Beto, outra besteira enorme, ele quis me comer, grávida e tudo. Como os homens são ridículos, estúpidos, grossos, infantis, mal-acabados! Ai ai. Desejo de suspirar. E de rir, porque tudo isso faz milênios, e hoje os homens — pelo menos o *meu* — são uma doçura. É mais ou menos assim: eu *sei* que tenho poder sobre o André, mas eu não uso esse poder porque... não sei por quê. Ou uso? Quando a Letícia veio aqui nesse mesmo ateliê e segurou minha mão e achou lindo o quadro verde e disse que estava triste e depois me beijou a boca me deu uma sensação ruim, uma falta de ar no peito que eu empurrei ela, não com força, mas assim assim. O beijo foi neutro, acho, o que foi ruim era a moldura do gesto. Só o que faltava no meu rito de passagem. Bem, hoje ela está muito fe-

liz e lampeira com a professora dela. As pessoas vão se esbar-
rando e se encontrando, é um jogo meio cego. E dizer que passei um tempão me sentindo culpada porque não tinha vontade de beijar a boca da minha melhor amiga.

Parece que depois de tanto estardalhaço, foi isso que sobrou: um corpo. O que fazer com ele?

Anoiteceu. A verdade é que eu estou morrendo de medo
de mexer nesse amarelo. Fica pra amanhã.

O velho *também* é humorista. Rimos juntos. Na minha lógica de penitente, a definição cabia bem: não há riqueza sem crime. Se não o crime do gângster, pelo menos o crime ético da indiferença, que em pouco tempo transforma o rico num troglodita assustado dentro de um carro fechado. Fiz graça:

— Então o senhor não é um homem; é um personagem!

Ele se deliciou, torcendo as mãos peludas:

— Até que a idéia me atrai! — Corrigiu-se: — Quer dizer, dependendo do narrador! — e o dedo apontado me ameaçava.

Levantei para pegar mais uísque e, já à vontade, brinquei com o velho:

— Quanto a isso, o senhor fique tranqüilo: tenho verdadeira paixão por traficantes! Mulheres, viagens, emoção, suspense! Quem não gosta?

Ele também se serviu de uísque. Parecia pensar seriamente no que eu dizia. Um ingênuo? Com aquele rosto feito a machado?

— Tem razão, Devinne. Quem não gosta?

A bebida desceu gostosa. Comecei a ficar alegre, couraça frouxa. Diga a um escritor obscuro, sorrindo, que você leu um livro dele, que ele erguerá os braços e se entregará de coração aberto. Diga que *gostou*, e... não, não diga; é covardia. Voltamos ao sofá. O espaço se encheu de pequenos silêncios, repletos de promessas. Sintonizei com o velho, à espera.

— Eu... eu não sei por onde começar.

O que me deixava livre.

— Pois comece por mim! — Ele riu, mas como quem pensa em outra coisa. Insisti, temerário: — Por exemplo: meus livros. Qual que o senhor leu?

— Todos os três. *Os cacos do espelho* eu já conhecia; os outros dois li de ontem para hoje, quando a Vera me disse que você tinha telefonado.

Um pouco seco, à maneira de um relatório. O clima começou misteriosamente a mudar, de repente sem humor (e o humor é, no fim de tudo, um estado de generosidade). Sou muito sensível à alma das pessoas. Laura me dizia que eu sou inteiro à flor da pele e me comunico por impulsos elétricos. *Aura.* Subitamente com o pé atrás, procurei outro assunto:

— Vera?

— É, a minha secretária. — Um certo jeito de quem confessa: — É... minha sobrinha. Ela que trouxe você aqui.

Tudo muito neutro, olhando para o tapete. O buldogue, súbito, parecia mesmo um buldogue. Se as pessoas soubessem o poder que elas têm, seriam sempre mais suaves. Fantasiei:

— Ela foi muito simpática. Ir me buscar a...

Mas ele finalmente agarrou a trilha que procurava — e o tom era o de um inquérito:

— Você está há quatro anos sem publicar.

— Sem *escrever*, para dizer a verdade.

Falei demais. Facho de luz nos olhos, algema nos pulsos, respiração de brutamontes em volta — a qualquer momento virá o soco na face. E veio:

— Crise? — Com o toque de ironia: — Como se diz mesmo? Crise de criação?

— É...

Não sei. O que ele tem com isso? Eu não gostei do tom. O uísque ficou azedo, a sala, sufocante — e pior que tudo, a carcaça daquele sorriso analfabeto se abrindo lento diante de mim, com o estalo brilhante do ouro no fundo da boca. Poder. Desviei os olhos. Preparei minha dignidade, começando pelo estufar do peito, mas o doutor Cid rápido estendeu o copo d'água:

— Eu gosto do que você escreve.

Fiquei duro mesmo assim, mas o doutor Cid é um bloco de granito — nada chega nele. E vai adiante, o pé na minha clavícula:

— Você tem um potencial imenso. — Será que esse idiota imagina que eu devo ficar comovido com o interesse e balançar a cabeça aprovativamente? Balancei a cabeça, aprovativamente. *Ele é mais forte do que eu. Se eu for ligeiro, posso jogar o copo de uísque nos olhos dele e em seguida quebrar a mesinha na sua cabeça.* — Mas, chegando logo ao ponto, Devinne: tenho uma proposta a fazer. Penso que é uma proposta boa e justa.

Assim é melhor. Já estou ficando bêbado porque, desacostumado, trato o uísque como cerveja. *Laura, me leve daqui. Não gosto deste pântano grudento.* O velho se levanta, com um quê de solenidade: talvez faça um discurso antes de entregar um cheque ao Escritor Abandonado. Vai ao aparelho de som:

— Que tal a gente ouvir um pouco de música, para descansar o espírito? Descansar ou desarmar, ahah! — Ele não é totalmente bronco: em alguma fresta daquela pedreira entrou a informação de que a aura está carregada. Manuseou alguns cedês. — Que tal *Quatro estações*, do Vivaldi?

A escolha exata do novo rico que acabou de comprar um disc-laser e quer se atualizar em música erudita, mas não tem culhão para enfrentar Sibelius.

— Ótima escolha.

Tarará-tarará-tarará-tatá — e ele regula os botões com prazer. Por alguns segundos a mão peluda acompanha a orquestra, mas o braço, postiço, não se solta. O doutor Cid é uma decepção *completa*. Ele estala os lábios, respira fundo, permanece em pé — vem discurso.

— Chega uma altura da vida, Devinne (eu tenho 57 anos, faço mês que vem), que...

— Pois não parece. O senhor está bem conservado. Quem é mais falso? Ele ou eu?

— Mesmo? Bem, faço ginástica sempre que posso. E diminuí o cigarro.

Lembrei do meu. Ainda havia um no fundo da carteira, que acendi sem pedir licença. Ele aguardou minha primeira tragada, aproveitando o lapso para catar na memória as palavras adequadas. Percebi a solenidade: era um grande momento da vida do doutor Cid.

— Um momento da vida, Devinne, que a gente quer *mais*. Eu digo, em qualidade.

O cigarro estava gostoso, mas era o último.

— Sei.

Observei, com prazer, as mãos erguidas do doutor Cid. Que força as pessoas fazem para se salvar! Chegam a elevar o tom de voz! E então, inesperado, ele e seus braços caíram num silêncio gago. O momento era superior a ele! E de repente entrevi nos olhos inexpressivos (frios) a irritação de um pequeno fracasso, quase como se dissesse: *por que estou aqui suando para fazer figura diante deste lixo letrado?* O doutor Cid quase entrou em pânico — ele não é do meu ramo, e a descoberta disso por pouco não desmonta a pedreira. À beira da fúria, poderoso, irritado, profético, incontestável, dedo em riste, decidiu:

— Quero contratar você para escrever um livro.

Olho aberto na escuridão, um bicho pelado que acorda de pau duro e custa muito a entender o que são aquelas batidas pequenas em alguma porta do passado — sente primeiro o frio, depois o próprio perfume, a maciez da colcha, a entrega da cabeça no travesseiro, e finalmente a voz de um homem delicado, um anjo bom sussurrando do outro lado do mundo:

— Odair... Odair...

E outra voz, esta de mulher, mais alta e mais determinada:

— Deixa ele dormir direto.

Rouco, sem direção no negrume:

— Juli... — não, não é; e não consegue se lembrar do novo nome. Vasculha a velha calça, de quatro no chão, e apalpa o papel que não consegue ler, nem ver. Desiste, arremessandose à parede atrás do interruptor mas corta o gesto com violência, porque, esquecido do banho, deixará na parede branca a marca bruta de sua mão suja. — Já vai! — deixa escapar, mas a voz também é bruta. E está completamente nu. Enrola-se na toalha úmida, o sexo já morto, e afinal abre a porta. Para André, quando acende a luz, Odair é a estampa de um susto deformado, incurável. Ele ri:

— Te acordei, Odair...

E felizmente fecha a porta — nenhum risco agora, para nenhum dos dois. Só então percebe a nova face:

— Cortou a barba!? — e começa a rir, e os risos se emendam. — Odair, agora te reconheço! É o mesmo!

Odair senta-se na cama, revendo as unhas negras do pé. — Se você mudou de nome, por que não posso mudar de cara? Quem sabe eu também encha o rabo de dinheiro. — E a risada, mais um cacoete que uma alegria, que se corta súbita: — Como é mesmo a porra do teu nome?

O grande André Devinne suspira. Em menos de um minuto também é acordado de um devaneio: é impossível fingir que tudo que está acontecendo é a visita cordial de um velho amigo de infância. Assumir a iniciativa antes que aquele fantasma morto apodrecesse sua vida inteira. Sussurrou:

— André. André Devinne. Me chame *sempre* de André, mesmo se falar sozinho. André Devinne. Repita.

Odair contempla o inimigo com uma espécie de espanto, alguma coisa que quase é ironia, mas não passa de um cinismo mecânico. Mesmo assim, obedece:

— André. André Devinne.

E rompe a risada sem geometria, que sangra. Não há mais delicadeza no anfitrião — tudo é cálculo de uma batalha escura, sondar o pântano, experimentar o chão antes de meter o pé adiante. Aquele traste tinha o nome dele num papel, copiado de algum lugar ou de alguém. O que Laura terá percebido desse encontro?

Primeira regra: não antecipar nem entregar nada. Odair é burro, e talvez nem conheça o poder do que ele próprio sabe. Segunda regra: livrar-se dele, o quanto antes, como quem faz um grande favor. Mas André Devinne está vivendo a brutalidade do medo. Um homem inseguro sobre um fio de arame, sentindo um dedo que pressiona o peito. *Quem sabe, com um pouco de trato, ele não pode ser meu amigo? Porque eu sou um* *homem bom e, por princípio e temperamento, estou sempre pronto a contemporizar com as diferenças.* Por isso estou onde estou: a inteligência duramente aprendida de sentir, viver e representar formas alheias, com tanta intensidade que posso apalpar minha carne nova, mês a mês, apesar da conspiração universal que nos tenta desossar. Não sou, não quero ser, jamais voltarei a ser o meu passado — essa é, na espinha, a única grande obra de um homem.*

Aperta carinhosamente o braço de Odair:

— Odair, meu velho amigo... e aqui estamos juntos, de novo!

A frase-feita é um conforto que comove, *verdadeiramente* — André Devinne *vive* a comoção da memória e do terror, o momento difícil em que todos os sentidos devem estar brutalmente atentos, *porque podemos cair. Para sempre.*

— Pode contar comigo, Odair.

Um outro espanto, com o mesmo esgar:

— Porra, cara... você está chorando?

Enterra a face nas mãos:

— Não, não... não é nada.

Mas é: afasta-se em direção à cortina da janela, um disfarce e uma vergonha. E os olhos aguados. *Os fios de arame em torno da alma.* Ele pode ser meu amigo. Mais que isso: ele *pode* ser meu irmão. Odair estende o braço, o mesmo primitivo espanto:

— Mas Juliano...

De costas, comete a primeira fraqueza, a voz acuada que lanha a si própria:

— Você pode me destruir, caralho! — e rápido se apruma, num pânico que dá certo, sorridente: — *André*, Odair... ponha isso na tua cabeça teimosa...

E de novo é Laura quem o salva, a voz do corredor:

— André?! Você comprou refrigerante diet? A Letícia vem aí também!

— Acho que sim! Dê uma olhada no engradado da despensa! — e para Odair, a deixa que o normaliza: — A Letícia que se foda.

Finalmente, ambos riem no mesmo tom. *Mas eu falei demais.* Procura no bolso a carteira de cigarro que não tem há três meses e que procurou sete vezes, olhando a parede, enquanto o amigo dormia e Laura pintava. Odair ergue do chão a sua pilha imunda de trapos. André consegue ver o cérebro de Odair funcionando, enquanto contempla a própria roupa.

— Quem vem aí hoje? Tudo grã-fino?

O amigo ri.

— Não mais do que eu. Para dizer a verdade, Odair, o mais grã-fino de todos é o André Devinne...

O amigo abre a boca, e quando entende, desata o riso torto, que André acompanha.

— Você é foda, cara! — E súbito sério, a voz dá uma ordem: — Preciso de roupa.

E aguarda resposta, que na alma de André soará como uma estranha obediência, depois de um segundo vacilante:

— É claro, Odair! Semana que vem faço teu guarda-roupa. Quero te ver bonito!

Odair estende a calça, a cueca, a camisa, o lixo — é uma *exigência?*

— E hoje, cara?

Outro segundo vacilante, o pé experimentando o chão incerto:

— Te empresto roupa. Espere aí.

No banheiro do quarto, Laura esfrega o sabonete na filha, que faz micagens debaixo do chuveiro:

— É você, André?

Quem poderia ser? Ele abre um gavetão da cômoda. Como dizer?

— Vou emprestar umas roupas pro Odair. Ele está na pior.

— Ele ficou pelado? — ri a filha cuspindo água no azulejo.

— Fica quieta, guria! — E para o marido: — Tem camisa na segunda gaveta. Aquela calça jeans deve servir nele. Na porta direita do guarda-roupa. Ele tem o teu tamanho. André segue as instruções. Acrescenta silenciosamente a cueca e o par de meias — e, última lembrança, um razoável par de tênis. Servirá?

— Ele vai usar a roupa do pai?

Laura parece tranqüila.

— Vai, filha. Só não saia por aí dizendo pra todo mundo. E vê se pára com essa mania de se pendurar no pescoço das visitas. Pentelhinha!

Mãe e filha riem. Laura fecha a torneira e antes mesmo de pegar a toalha dá um beijo na testa de Júlia, que lhe mostra a língua e ri. Mãe e filha se olham e bicam os narizes molhados. A voz de Laura ainda alcança um André dissimulado:

— Diz pro teu amigo juntar a roupa suja pra lavação!

O marido pára, reflete, volta a cabeça:

— Acho que não tem solução, Laura.

Ela não entende. É o marido que ela quer entender:

— O que não tem solução?

— Eu digo, a roupa dele. Em todo caso...

Encontra Odair nu, alisando um ursinho de pelúcia que tirou da prateleira.

— É da tua filha?

— Sim.

— Bonitinha.

André fecha a porta.

— Bonitinho... é um urso. Olhe a fita azul!

— Sei. Quero dizer, a tua filha — e põe de volta o ursinho na prateleira, atraído pelo tesouro nas mãos do amigo: — Caralho... — e procura o nome, estalando o dedo — ... André! Que camisa, cara! Não uso uma porra dessas há quarenta anos! E a calça! Olha só! Tem até marca: Pierre Cardin!

— Pronuncia-se cardã...

— Até cueca, cara! E esse tênis?

— Não sei se serve, eu...

Odair manca com avidez até a cama. *Não tem solução*. Veste-se, sôfrego, e nem se lembra de mostrar a cicatriz, que ainda dói e puxa a perna, como havia planejado. O tênis aperta um pouco, mas Odair não reclama. Admira-se ao espelho — tudo é um pouco maior que ele, ainda há o toque do espantalho, mas um espantalho bem vestido. Ele solta a risada curta: assim, sem barba, é um artista. André Devinne contempla sua obra inacabada. Quem sabe? Ajoelha-se diante dela:

— Vamos dobrar a barra da calça. Assim. — Também ele está momentaneamente feliz: — Que tal, Odair?

De resposta, a risada rascante e curta.

— Ju... — e esmurra a cabeça: — *André!* — Mais murros: — André, André, André... Desculpe. — Olhos nos olhos, ele está entregue: — Estou seco por uma cerveja, naquela porra daquela varanda, olhando a Lagoa lá embaixo!

Um bicho excitado. Mão no trinco, Devinne baixa a voz:

— Odair amigo, controle o palavrão... — e para que ele não pensasse mal, tapa firme nas costas: — Controle o palavrão, caralho!

Riram, cúmplices. E a agonia de não esquecer a última palavra da aprendizagem, retendo o braço do amigo:

— Obrigado.

Talvez o doutor Cid tenha estranhado o meu silêncio — porque o sorriso triunfal que acompanhou o dedo em riste do desejo (*quero contratar você!*) foi se esvaziando, enquanto o cérebro do homem maquinava barulhento o que haveria de errado na outra ponta da engrenagem: eu. Um homem começando a se irritar:

— A proposta não lhe interessa?!

Era preciso uma decisão rápida, atropelada — certamente em dólares — porque o doutor Cid é um homem de negócios que sabe o que quer e eu não sei nem o que eu sou. O meu cigarro estava na metade e era o último. Não teria mais nenhuma defesa contra o homem. Pé atrás: porque, começando a me desgrudar dos dólares da redenção, já entrevia o terror da página em branco, a serviço de outras mãos, cabeças, hálitos. Muito melhor digitar classificados e esperar a materialização de Laura, chegando em casa numa hora prosaica (às 11 da manhã, por exemplo), assustada de saudade. Uma mulher simples: *Você está bem, meu amor?*

— Em princípio, sim.

O doutor Cid sorriu — uma espécie de ironia contrariada. Quem sou eu para dizer não? Levantou-se e pegou — arrancou — o copo da minha mão, um simulacro impaciente de cordialidade:

— Vou te servir mais uísque. Mais gelo?

Aceitei. Intervalo entre as estações. Ele me devolveu o copo cheio e voltou lento à poltrona. Controlava a pressa. Olhou para mim, sorrindo, saboreando-me, uma azeitona pontuda na boca, e eu olhei para ele. Esperou que eu me desmontasse mais um pouco, me perdesse um pouco mais nos corredores da insegurança, do silêncio, dos limites vagos da esquizofrenia.

— E então?

Eu devia ser grosseiro, mas não consegui:

— Do que se trata, doutor Cid? Não estou entendendo. — E me arrepiei com a hipótese terrível, que súbita pareceu a única possível: — O senhor... o senhor quer que eu escreva a sua... *biografia*?

Um segundo de espanto, e ele estourou a gargalhada, batendo a mão peluda no joelho. Balançava a cabeça, feliz, tolerante, complacente — *esses escritores!...*

— Ah, o pecado do orgulho...

Quem era aquele idiota? Eu teria de agüentar essa presunção estúpida só pela luz dos, digamos, cinqüenta mil dólares, se tanto? Tentei marcar minha fúria, mas a língua começava a travar:

— Continuo não entendendo, doutor Cid.

O velho ria. Mas, percebendo talvez que passava dos limites civilizados, deu tapinhas agora no *meu* joelho, com a mesma condescendência ofensiva:

— Não me leve a mal, Devinne. Eu só achei engraçado, porque na verdade eu já previa isso.

— Então trata-se mesmo...

— Não, não, por favor. Não é a minha biografia. Pelo menos não necessariamente.

— Como assim?

Ele voltou a ser o buldogue. Procurava as palavras, mastigando-as visivelmente; temi outro discurso. E veio, num tom de voz que assumia uma esquisita brutalidade:

— Se você não fosse tão... digamos... *egoísta*, eu poderia explicar em detalhes. Isto é, como surgiu a idéia. Vejamos o que aconteceu. O grande André Devinne interessou-se pelo novo conhecido? Perguntou alguma coisa? Entregou-se com um mínimo de generosidade a quem tem algum interesse nele? Não. Tudo que parece interessar você é ouvir a própria cabeça. Uma cabeça que, convenhamos, há muitos anos não consegue sair do lugar.

— Diante de um André Devinne chocado, mas começando a mais ou menos se divertir com aquele diagnóstico ridículo (é irresistível ouvir a opinião dos outros; mesmo pesada, agressiva, ou simplesmente burra, os escritores costumam esticar sua flexibilidade — que é fruto da superioridade — até o último limite da borracha do corpo, enquanto a face finge que aceitamos a diferença), começando a me divertir, ele se ergueu da poltrona, solene, repetindo o gesto clássico de apontar o dedo (um homem acostumado a apontar o dedo para os outros):

— É até bem possível que você esteja se perguntando o tempo todo quanto deve cobrar pelo serviço.

— Era parcialmente verdade. Que mal há nisso? Mas (sou um Devinne), aquilo me desmontou. Pior: aquilo me *envergonhou*. Muito pior: aquilo me *enfureceu*. Mas ele, indiferente diante da minha postura rígida, da minha respiração carregada, da minha visível demonstração de desagrado, foi adiante:

— Veja, Devinne: estou aqui diante de você, eu, que sou um homem sincero, altruísta... — fiz um risinho que era para ser grosseiramente irônico, mas, como essa não é a minha alma, resultou num ríctus grotesco — ...não, não ria, que é verdade; faço uma proposta como você jamais recebeu na vida, embora tentasse, concorrendo a todas as bolsas de literatura do país e do exterior e perdendo todas...

Eu me ergui, furioso, mas fiquei tonto — e a mão peluda, brutal, empurrou meu ombro para baixo; derramei uísque na calça. Agora sim, senti terror. O traficante universitário do Citibank metia um 38 na minha boca e dava quatro tiros, segundo a segundo.

— Sente aí, por favor! Trabalhando a troco de dois ou três salários na mais degradante ocupação que o jornalismo oferece; abandonado pela mulher; *corneado*, pelas minhas informações é o termo mais exato, ainda que grosseiro; quatro anos sem escrever uma linha e chafurdando no mais doloroso e torturante anonimato de todos, que é o anonimato do escritor, e mais ainda o do escritor com pretensões, como você; carcomido de cerveja, inchado de ressaca, do pior tipo, de longo prazo — melhor seria a cirrose fulminante. Incapaz de alimentar uma auto-estima por mais de dois minutos. Sozinho, completamente sozinho no mundo. Tudo que a memória tem para guardar é um filho morto aos seis anos. Sente aí! — e a mão me esmagou o ombro, mais uísque derramado, o coração nos dentes. — E diante de um homem diferente, original, poderoso como eu, diante do único homem do mundo inteiro que nos últimos mil dias leu alguma linha do que você escreveu, os livros que a Vera teve de descobrir no sebo, o que você faz? Sente aí, não terminei ainda! O que você faz? Hein? Fica *calculando* quanto dinheiro você pode me arrancar, mas, é claro, *sem dar nada em troca*, porque eu sou um *otário*. E se arrepia de nojo à possibilidade de gastar o seu valorizadíssimo trabalho de escritor na biografia de um idiota como eu. Chega até a empinar o peito digno, já simulando, nesse momento mesmo, olha aí a sua própria pose, uma despedida triunfal — o Grande Escritor, o Indomável, manda o doutor Cid plantar batatas e vai feliz beber um chope na mesa de fórmica do boteco. No máximo três chopes, porque o dinheiro é curto.

Eu...

...eu *jamais* ouvi na vida o que eu estava ouvindo daquele troglodita. Nem de Laura, nem nos momentos mais insolúveis da nossa convivência ela me agrediu sem que houvesse no gesto um sopro doloroso de carinho. E o que eu fiz? O que eu *devia* fazer? Eu estava grogue, e não era só da bebida — grogue também daqueles socos mentais no nariz, no fígado, na alma, dos que eu levei e dos que eu planejei revidar num atropelo gago (jogar o copo na parede, mandar ele enfiar no cu o dinheiro, a biografia, a mãe dele, quebrar a garrafa de uísque e meter o toco na garganta esticadinha dele, *rasgá-la* devagar, *matá-lo até o último sopro*). O que o grande André Devinne fez? Depositou o copo na mesinha, com força demasiada mas sem quebrá-lo, como se a intenção se controlasse por conta própria, raspando o limite da urbanidade; tentou se levantar da poltrona, olhando para o tapete, que parecia fugir, e sentou-se novamente, sem escolha; balbuciou algumas sílabas que, traduzidas por um leitor de almas, diriam, ainda sem o menor traço de emoção: *Com licença, doutor Cid; eu não sou nem o homem que o senhor descreve, nem o homem que o senhor procura. O senhor poderia mandar alguém me levar de volta?* Talvez as sílabas acrescentassem: *Pode ser naquela Brasília mesmo.* E, descontroladas, quem sabe chegassem a dizer, centrífugas, porque o homem acuado é um animal que explode o que ele tem de pior: *Com aquela puta dirigindo.*

Mas, sem tradutor de pesadelos, as sílabas não disseram nada, e o chão continuava a fugir. De modo que, em dez segundos, eu estava chorando. Isso mesmo: uma explosão de choro, um homem destroçado que rola com violência de cabeça para baixo entre pedras e águas.

André Devinne conseguiu, habilmente, não ficar a sós com seu fantasma mais do que instantes avulsos, incapazes de esmagá-lo contra a parede. Havia a filha por perto, com exigências miúdas; a voz de Laura da cozinha, pedindo socorro — e sempre era tempo de abrir outra cerveja, porque Odair bebia rápido, e em seguida lá se ia o André trocar o coração sangrando de Janis Joplin pela suavidade de Milton Nascimento. E onde estava o maldito abridor de latas? *Ainda agora estava aqui*, e a prova eram os aspargos no prato. *Desça da mesinha, Júlia!* E quando tudo estava pronto, às oito e meia, mal o anfitrião sentou ao lado de seu silencioso amigo na varanda, para beber sua cerveja e relembrar os bons velhos tempos, quando Odair, num assalto em dupla, levou um tiro que quase o deixou paralítico e até hoje lhe entorta o corpo a cada passo e o Juliano de então fugiu sem olhar para trás, e, pouco tempo depois, entreviu o horizonte da felicidade eterna estrangulando a mulher que queria vê-lo feliz para sempre, relembrando os tempos em que ele aprendeu a técnica de cuspir em linha reta, relembrando um soco no nariz, as mãos dadas com Doroti, a fada da infância, relembrando o bom, velho, gordo, aristocrático torturador da polícia, seu protetor Lord Rude, por onde andaria ele, tão gentil no dia em que Juliano foi condenado a 18 anos de reclusão?; mal André Devinne sentou ao lado de sua face burra, perguntando antes de ser perguntado, falando antes de ter de ouvir, *E o seu pai, Odair, ainda tem aquele boteco de sinuca no Capanema?* — chegou um carro com visitas. Levantou-se rápido, ouvindo:

— O velho morreu, nem sei mais quando. E...

— Só um minutinho, Odair. — Acenou para a porta que se abria: — E daí, Flávio? De carro novo? Luíza, tudo bem?

Abraçaram-se no jardim. Da varanda escura, o olhar de Odair chegava até eles.

— Pois é, Devinne, acabei fechando negócio. O carrinho até que está bom. Claro, tem uns probleminhas de lata, mas pelo preço... Veja aqui...

— A Laura está lá dentro? — e Luíza subiu os degraus da varanda com uma travessa e um vaso de flores nas mãos, passando por Odair sem vê-lo. Encolhido na sombra, ele ouvia o encontro alegre das mulheres, risadas soltas e leves; o vaso de prímulas na mesinha, presente do casal amigo, que Laura adorou; e soube em primeira mão que Luíza e Flávio decidiram finalmente viver na mesma casa, aquela da Barra — uma notícia tão boa que ele, no escuro, também se contagiou de riso, como alguém da família.

— E a exposição, Laura, vai sair? *Amei* aquela marinha azul... Hum... esse pastelzinho está uma delícia! Quer uma ajuda?

— O que eu quero agora é uma tragadinha...

— Você não tinha parado?

— Parei. Por mim e em respeito ao André. Você sabe como ele é, um soldado de Esparta! Mas de vez em quando dou uma pitadinha. Uma só não mata ninguém.

E riram. Odair também riu, no escuro: pessoas amigas, agradáveis, bonitas. Principalmente *bonitas* — pessoas que

70

não assustavam ninguém. Passou a mão no corte dos cabelos; um lado ficou mais comprido que outro; inclinou a cabeça, para compensar — os dois homens se aproximavam.

— Foi mesmo uma pechincha, Flávio. Ah, deixa eu te apresentar o Odair, um velho amigo de infância que eu não via há uns vinte anos...

Flávio estendeu a mão gentil:

— Tudo bem, Odair? Prazer.

Odair cabeceou um sorriso tímido, levantando-se de mau jeito — a perna doía. Quase deixou cair o copo, no mesmo instante em que sentiu a mão suave de André nas suas costas:

— Chega aqui na sala com a gente, Odair. Cerveja, Flávio?

Flávio parece um homem de tranqüilo bom humor. Delicadeza nos gestos, na fala, nas intenções. Sorriu:

— Pois sabe que se não tem outro jeito eu vou aceitar um copo dessa cerveja gelada, contrariando minha religião, que não permite, que fazer, né? — e riram, exceto Odair. O braço erguido em direção à cozinha: — Laura, tudo bem? O cheiro está uma delícia! Pintando sempre? Olha, aquela marinha azul é nossa, hein? Reserva especial!

Trocaram palavras e beijos, Laura com as mãos erguidas, lambuzadas de farinha. Imóvel, Odair viu a pequena Júlia exigir um beijo do tio, que se agachou para receber o abraço.

— Mas está cada vez mais a cara da mãe. Isso que é sorte, hein Devinne? Ahah!

Riram todos — e agora Odair esboçou um sorriso intrigado, tentando acelerar a compreensão do novo mundo, um mundo alegre. Eles riam suavemente por qualquer coisa.

— Teu copo, Flávio, com espuma! E vamos sentar aqui, que agora está tudo certo: as mulheres na cozinha, os homens na sala... ahah!

Da porta, Laura ergue a frigideira:

— Olha aqui, meu marido, melhor calar a boca que se não eu e a Luíza jogamos tudo isso na cabeça de vocês!

— É isso aí, seus machistazinhos...

Mais graça — e desta vez Odair entrou na roda com um riso bruto e descompassado, que provocou um segundo de silêncio, um frio na espinha de André e o olhar intrigado de Luíza para o estranho. Quem era? Cochicho de Laura: *Amigo de infância do André. Tenha piedade, Luíza...*

E a imediata compreensão de Flávio, que propôs um brinde:

— Então, ao encontro da infância!

A mão de Odair tremia, erguendo o copo. *Eles têm regras diferentes para situações parecidas.* Ferido, tentou recuperar mentalmente algum traço do poder que ele sabia ter. Doía: *Juliano me despreza. Um filho-da-puta.* Mas Flávio parecia um homem bom — pelo menos o olhar tranqüilo de um homem bom:

— Você é de onde, Odair?

— Eu?!

— De São Paulo, Flávio. Amigo de grupo escolar, da mesma rua. — O gesto afetivo do abraço forte: — Eh, velho Odair... Esse aí era um bandido, o bandido da rua! Grande herói da piazada! Lembra, Odair?

— É... Essas coisas a gente não esquece, Ju... André!

Ficou vermelho, mas Flávio não percebia nada:

— E você trabalha com quê, Odair?

— Bem, eu estou meio...

— Desempregado. Mais um na estatística da crise, Flávio.

— A idéia surgiu: — Vou ver se consigo alguma coisa lá na Secretaria pra ele. Se bem que a situação está triste, Flávio. Agora é tudo por concurso. — Encheu os copos, inquieto: precisava controlar todas as coisas ao mesmo tempo. *Seria necessário ficar sempre ao lado dele?* — Bom, depois a gente pensa nisso...

Sim, porque no mesmo instante Beto assomou na porta, e mal terminaram as apresentações os faróis de um outro carro atravessaram a sala. Flávio riu:

— Corre, que pelo motor é a Letícia, André! Vamos ver se hoje ela não atola o carro!

No espaço estreito da breve subida, o carro vacilava, a rotação no limite.

— Aqui! Ponha no gramado, mesmo! — e as mãos de André abanavam no escuro.

Os pneus do fusca saíram da trilha de concreto, derraparam agoniados nas pedras e subiram a grama fazendo estrago.

— Cuidado!

Uma curta batida no pára-choque do novo carro de Flávio, e todos os corações se aceleraram, num alvoroço bem-educado: portas se abrindo, consternação, mãos apalpando a lataria, cálculos rápidos. Copo à mão, Flávio sorriu afinal:

— Bem, Letícia, acho que é caso de mandar fazer uma perícia. Na oficina especializada, que é mais em conta... Qualquer mil dólares paga a despesa... Mas não ganho nem um beijo?

Letícia olhava o pára-choque, sem ver nada de diferente.

— Ai, Flávio, que azar... — Agachou-se: — Amassou muito?

Ao seu lado, Liana segurava o prato com docinhos dietéticos.

— Eu falei pra Letícia deixar o carro lá embaixo. É teimosa!

— Chega de tragédia — contemporizava André. — Vamos entrar. Logo a Letícia aprende a dirigir e isso não acontece mais — e abraçou-a, carinhoso.

— Ai meu Deus, o duro é agüentar essas piadinhas. Cadê a Laura? — Mas voltou ao assunto: — Também, veja se isso é lugar do Flávio deixar o carro! Tinha três metros pra frente! Ele riu.

— Pois eu queria deixar em cima do telhado, mas...

André angustiou-se: a boa convivência humana começava a se contaminar de pó, pequenas farpas, coceirinhas na língua, impulsos incontornáveis que rapidamente tomariam conta do espaço, até que todas as respirações se tornassem inquietas, irremediavelmente incompletas, subitamente *prontas a matar* (há um sorvedouro oculto nos espaços, é preciso tatear os vãos, agarrar-se nas reentrâncias). Mas a sua bela Laura — como estava *bonita* a sua mulher, de cabelos curtos, de lábios tão exatos, a face abençoadamente *tranqüila!* — a sua Laura já estava na varanda para salvar a todos eles. Devinne ficou um pouco atrás, num arrepio contemplativo (à flor da pele, uma tensão comovida de alguém que *deve* chorar, porque a vida inteira é súbita um pequeno fio de memória que descontrolamos) e viveu o belíssimo sopro de uma mulher bem amada, suficiente em si, estendendo a mão (*ela inteira é um gesto só*, desenhou André) e os braços e fazendo de si mesma, do seu corpo e sua aura, o bom espaço.

Enquanto na sala iluminada se desfazia a risos, toques e beijos o ridículo de um pára-choque riscado, viu-se André no escuro da varanda, ao lado de seu fantasma, que lhe agarrava inseguro o braço, sussurrando o hálito cúmplice do passado:

— Quem são eles, Juliano?

Um homem com a noção dramática do valor do silêncio.
O doutor Cid calou-se, e (penso eu, porque não o vi, enterrado em mim mesmo e me desenterrando pelo choro) deve ter ficado apenas *profissionalmente* surpreso, como o cientista diante do ratinho branco — uma surpresa satisfeita, digamos desse modo. Satisfeita mas discreta, respeitosa mesmo: voltou-me as costas, uísque à mão, contemplando a parede nua de seu laboratório científico, à espera de que a experiência se desenrolasse até o final e comprovasse a hipótese passo a passo. Quanto a mim, o rato branco (não, não é autopiedade — há momentos, parece, em que as coisas são tão brutalmente o que elas são que não dependem de ponto de vista para ganharem forma), deixei esgotar o fosso de mim mesmo, porque antes de se formular qualquer resposta — a dignidade, a grande justificativa, a honra, os valores humanos, ou qualquer pequeno lixo que eu me acrescentasse — tudo já desabava pela corrosão de meu próprio olhar. O que é, afinal de contas, *a minha intocável superioridade*: o meu olhar bifronte e fágico. Tudo a descoberto é o mesmo que nada a descoberto. Então chorei solto um choro vagabundo que vai sozinho e não precisa de ajuda.

Durou alguns minutos o ritual — eu soluçando, ele olhando a parede branca. Ao final, reassumindo pouco a pouco o equilíbrio da espécie humana, pelo menos no que ela tem de visível, passei o lenço no rosto (lembrando Laura, que dizia ser eu o derradeiro homem da Terra a usar lenço), engoli mais um soluço, o último, e preparei a retirada, agora sim, digna — discreta, porém digna. Faltava apenas resolver um pequeno osso da garganta:

— Antes de eu ir embora, doutor Cid, gostaria de saber como o senhor conhece tantos detalhes da minha vida.

Só agora ele deixou de olhar a parede. Fitamo-nos, já sem agressão. E eu me surpreendi: ele parecia verdadeiramente preocupado comigo. Não era teatro:

— Você está bem, Devinne?

Foi delicado da parte dele. E mais ainda porque não caiu na tentação, esta sim idiota, de pedir desculpas.

— Acho que sim. — Apalpei os bolsos atrás de cigarro, esquecido de que já havia fumado o último. Rapidamente ele me estendeu uma carteira:

— Fique com esta.

Tirei um cigarro, que ele acendeu também rapidamente com um isqueiro de ouro, sempre me analisando, uma atenção suave, de cima para baixo, ele em pé, eu ainda afundado. Devolvi a carteira:

— Obrigado. Um cigarro basta.

Ele fez um gesto de quem não aceitaria de jeito nenhum a carteira de volta, e antes que aquela pantomima se prolongasse ao ridículo, eu estendendo a carteira, ele recusando-se a recebê-la, coloquei-a na mesinha. E retomei o que me interessava, sem vergonha da minha voz úmida:

— O senhor não respondeu ainda.

— Como sei tanto de você?

Uma pergunta para ganhar tempo. Talvez ele avaliasse se devia ou não responder. Insisti:

— Sim.

Um suspiro impaciente: que escritor obtuso! E afinal:

— Informação, Devinne. Sou um homem bem informado. Informação é poder. Sabedoria, ética, ou seja lá o nome pomposo que você dá ao seu fracasso, nada disso é poder. Não é simples?

Agressivo, mas cristalino. Um homem mortalmente ofendido que explode em choro e, em seguida, sente irresistível atração por especular com seu próprio algoz sobre a diferença entre informação e sabedoria. Um homem como eu, assim delicado, só sobrevive por força das conquistas da civilização, que depois de milhares de anos conseguiu sustentar a frágil idéia de que um homem — qualquer um, até eu, basta nascer — tem um direito abstrato à vida. Por isso estou em pé — e me levantei da poltrona, como quem comprova uma tese. Um homem tão normal, que voltei temerário ao mundo lógico, agora sim tentando crescer, vingativo, diante de um buldogue:

— Eu não preciso de poder. Não é ele que me alimenta.

Um desastre. Um desastre ridículo, o do ressentimento impotente. *Não tenho razão.* Previ o sorriso que veio, que nem chegava a ser cínico — a curva dos lábios do doutor Cid era apenas o toque discreto, quase involuntário, da superioridade, e de novo me faltou chão. *Ir embora daqui* — determinei, mas faltava um último pedaço, antes que ele retomasse a palavra ao modo dele:

— Informação? — Tentei desprezá-lo inutilmente só pelo tom de voz, que saía rachada: — Que tipo de informação, doutor Cid? — Uma tentativa, também ridícula de ameaça: — Da polícia? Como o senhor sabe de mim?

Outro susto, lembrei que meus livros não traziam qualquer indicação biográfica, que há muitos anos eu não era notícia em lugar nenhum e que jamais tinha ouvido falar em doutor Cid na vida.

— Elementar, meu caro... como é mesmo o amigo de Sherlock Holmes?

— Watson — e, mimético, voltei a me sentar, porque ele também se sentava, com o ar tranqüilo de quem vai contar uma longa história. (Ainda que eu não tenha feito outra coisa em quarenta anos, eu não gosto de deixar nenhum pedaço para trás.)

— Isso. Elementar, meu caro Watson. — Uma risadinha simpática. — Não se preocupe, Devinne: nada a ver com a polícia, vade-retro! — e agora ele riu solto. Prestei atenção.

— Tenho fontes próprias, bem melhores. E fontes que... para voltar ao que realmente me interessa... fontes que dispensam por completo essa ética de almanaque, aquela em que você pensa que vive. Porque afinal de contas, Devinne — por favor, não me leve a mal, já discutimos que chegue — homens como você acabam não tendo nem poder, nem sabedoria, nem ética.

Por que eu continuava sentado ali, até tranqüilo, ouvindo aquele asno? Porque ele me *fascinava* — e, depois do choro, a borracha do meu corpo já estava de novo flexível. Além disso, eu tinha um trunfo: a qualquer momento me levantaria e iria embora para nunca mais. Iria a pé, atravessaria a noite de Curitiba pensando em cada minuto do encontro, e uma massa ainda sem forma, rua a rua, ganharia os contornos de um belíssimo novo livro. *Para Laura, com carinho.* Fiquei quieto, esperando que o idiota falasse mais — nenhuma palavra seria desperdiçada.

— Fiquei satisfeito quando a Vera me passou o recado com o teu nome. Telefonema à meia-noite, muito sugestivo. Aliás, a idéia do anúncio foi dupla, minha e dela, e nos divertimos com isso. Mas isso é outra história.

Indócil, prestes a levantar e ir embora sem dizer adeus — mas como já estava decidido, não custava descobrir um pouco mais daquele idiota arrogante.

— Sim. Deve ter sido divertido.

Ele riu do meu ressentimento, mas de uma forma quase carinhosa. Como quem compreende:

— Você ainda vai entender. Não quer outro uísque?

— Não.

Começava a germinar na minha cabeça a idéia da vingança — quem sabe eu ainda pudesse processá-lo? Ele serviu-se de mais uísque, sem pressa. Por que eu esperava ali sentado, depois de tudo? Um homem vazio. Ou, conforme Laura, um homem com uma vocação irresistível para a penitência.

— Veja, Devinne, como é elementar. Raciocine comigo. No momento do telefonema, o anúncio não poderia estar na tua mão, porque ele foi contratado para ser publicado hoje. Bastou ir à banca de manhã para saber que não foi publicado. Logo, você tinha acesso à redação do jornal. Era o mais óbvio, e um telefonema da Vera confirmou a hipótese em dois minutos. Logo, o anúncio saiu da agência, passou pela tua mão e foi parar no teu bolso, sem entrar na paginação do jornal. É até possível, bem possível, Devinne, que a tua mão no bolso do casaco, nesse momento, esteja apalpando o formulário do anúncio. Acertei?

Lentamente, tirei do bolso a mão com o papel amarrotado e o coloquei no cinzeiro. Era inútil sentir vergonha; mesmo assim, o rosto queimou. Quase expliquei: foi um impulso inocente; uma brincadeira; uma prova de poder; um... Baixei os olhos para o tapete — feliz, ele devia estar contemplando aprovativamente o ratinho branco. A hora exata de ir embora sem me despedir; mas não fui.

— Acertou.

— Correto. Bem, sabe que essa descoberta também nos divertiu um pouco?

Não respondi. E de Laura, o que e o quanto ele sabia? Quem seria frio o suficiente para ir embora sem ouvir o resto? Levantei-me, súbito, e me servi de uísque sem pedir licença — um modo (canhestro) de mostrar a ele que eu continuava ali por mera condescendência. Mas o doutor Cid não me via — via a hipótese. Eu era um esboço que pouco a pouco tomava corpo.

— Devinne, tudo isso fazia sentido. Vendo o anúncio, você entreviu alguma coisa boa; um pequeno sonho, algum lucro, digamos assim. Ou uma aventura; ou uma loteria. Tão boa que não quis repartir a informação com ninguém, pelo menos enquanto não conferisse, sozinho, a tal oferta. Por quê?

Não respondi; mas ele perguntava para ele mesmo. Um homem lógico, e somando a lógica com a frieza, o raciocínio tomando-o por inteiro, comecei a me convencer de que estava diante de um psicótico, alguém que inviabiliza qualquer relação de calor com os seres humanos, porque as relações abstratas entre as categorias mentais ocupam todas as gotas do sangue Um adolescente que aprendeu a lógica — o jogo de xadrez; as grandes soluções para a humanidade; o poder do pensamento positivo — e parou nela para sempre. E com prazer:

— Ora, primeiro porque informação é poder, como queria demonstrar, e o poder, qualquer um, é irresistível. Depois porque, vivendo como vive, você é um homem inseguro que aprendeu a ter um medo terrível da competição. Devinne, confesse: você sempre fracassou quando competiu. Já fiz um levantamento completo.

Não agüentei:

— Espere aí, doutor Cid...

— Já sei! — e ele me empurrou de novo para a poltrona, irritado; os adolescentes entram em pânico quando a arquitetura lógica de seus desejos é contrariada. — Você vai dizer que a arte, a criação, a extraordinária genialidade dos artistas não aceita a regra do jogo do sistema. Você, naturalmente, está acima disso. Você é um grande criador e só tem Deus no páreo. Não tem nada a ver com essa horda de escravos que rasteja a vida pensando em dinheiro, na roupa da moda e na última novela da tevê. Essa é a justificativa de primeira instância, a mais infantil. A vida inteira digitando classificados; para compensar, cria um orgulho descomunal: a superioridade passa a ser tão evidente, que se transforma na obra em si. Nem é preciso fazer mais nada, porque provavelmente o que você fizer não estará à sua altura. Quantos anos mesmo sem escrever?

De boca aberta, estúpido, inteiro retesado, tentei adivinhar até onde ia o delírio daquele louco. Um desejo fundo de argumentar: *o senhor não me conhece! não pode ver a minha alma!* Mas permaneci em silêncio, entregue ao espanto. Desejo fundo de que Laura estivesse ao meu lado e me indicasse o caminho. (Muito simples: ela faria um sinal de olhos para que fôssemos embora.)

— Estou gostando do modo como você presta atenção, Devinne. Um homem inteligente e um homem curioso — essa combinação é sempre boa. Uma pena tanto medo e tanta insegurança. Bem, eu reconheço que o terror da competição na vida é um traço muito forte da cultura brasileira. Até o terror de *formular* a competição. O que significa um campo muito bom para os mais ferozes. Veja o meu caso: competindo, fiquei rico, poderoso e, sem falsa modéstia, *sábio*. A ponto de compreender, pedaço a pedaço, um cérebro confuso e, perdão, estragado como o seu. E, cá entre nós, Devinne, de homem para homem: confuso e miseravelmente *pobre*, da pior pobreza, daquela escolhida.

Mandaria aquele filho-da-puta — o mais luminoso filho-da-puta que eu jamais conheci — tomar no cu? Dei um gole de uísque, escondido no gelo de uma idéia: iria transformar toda a bosta do doutor Cid num personagem e enterrar minha lâmina em cada pedaço daquele metal gosmento e semovente. (Mas a raiva não escreve. Calma: esperar um ano e, aí sim, o doutor Cid estará pronto para virar pó.)

— Então não me venha com essa idéia ridícula de que a arte, a verdadeira arte — e o canalha fazia gestos irônicos, grandiloqüentes — que a arte dos deuses não compete, está fora do sistema, acima da podridão geral. E no entanto, o grande André Devinne, o autor de *Os cacos do espelho*, o badalado da diocese, o tipo bêbado que faz de si a sua obra de boteco, o genial e incompreendido Devinne, esconde no bolso um anúncio do jornal para não encontrar pela frente nenhum semelhante que pudesse fazer sombra na conquista de, por exemplo, quatrocentos ou quinhentos dólares extras. Mas, é claro, a literatura está acima disso.

Ao ver lutas de pesos pesados — aqueles trogloditas trocando murros até à morte — sempre me perguntei porque o ódio que se acumula no que apanha quase nunca é suficiente para criar a energia de um revide instantâneo, capaz de destruir o mais forte. Aquele homem estava me destruindo de uma forma perigosa, e eu sentia agoniado que a explosão de choro tinha secado o permanente estado de revolta que sempre me deixou vivo. Eu estava tremendo, como quem desaba — antes de me erguer da poltrona, me concentrei nas minhas palavras, que deviam ser pedras enxutas, compactas, mas já estavam mortalmente contaminadas de fraqueza. *Ir embora, Devinne. Em silêncio. Não fale.* Babei:

— Eu sei quem é o senhor: o senhor é o maior filho-da-puta que eu jamais conheci na vida. O senhor...

Ele sorriu. *Satisfeito?*

— Em síntese, Devinne (e olha que eu gosto do que você escreve!), você não tem nem dinheiro, nem poder, nem informação, nem sabedoria e nem ética. Se me permite usar o seu próprio calão — e ele aproximou os óculos metálicos a um palmo do meu rosto — você é uma pequena merda.

/mar

Hoje o André levou seu pigmalião torto pra cidade. Diz que vai comprar roupa pra ele e ver se arruma uma boca na Secretaria. Quer dizer, essa parte ele só diz da boca pra fora, desconfio. Uma figura estranha, esse Odair. Ele não cabe no espaço que ocupa. Caber cabe, mas apertado. Cheguei a fazer dois esboços dele, que não mostrei, é claro. Parece um fantasma do Goya exposto numa vitrine brega, com as roupas que o André emprestou. Quer dizer, ele que parece, não meus esboços, que já rasguei. Ele é muito mal-educado, mas por ignorância, não por grossura. E tem uma risada que é um cano de escape. Não fala nada nunca. Ainda bem. O pouco que fala é uma tragédia. A fresca da Julinha tem medo dele. Tive de lhe dar uns tapas pra deixar de ser estúpida. A gente tão alternativo a vida inteira, tão cabeça, e os filhos saem todos quadradinhos, amando a Xuxa e o He-Man. No meu tempo eram os Beatles e os Rolling Stones. O Flávio dá risada, diz que é assim mesmo. Ditar regra sobre filhos sem ter filho é uma facilidade. Se bem que a Luíza desconfia que está grávida, disse só pra mim. Ela quer a criança. Aí quero ver o papo científico do Flávio.

Preguiça de pintar. Gosto dessa horinha da manhã, esse friozinho, pra escrever, ou conversar comigo mesma. O almoço já está na geladeira. Maravilha. Mas o *freezer* está vazio. Liguei pra Secretaria e deixei recado. Tão engraçada aquela secretária do André! Céu azulzinho, de uma cor que arrepia. O André, meu doce, anda meio tenso. Ele sempre foi meio assim, é verdade, mas a chegada do Odair piorou. Claro, nem perguntei nada. Acho até legal ver e viver gente diferente. Essa inibição dele é natural. E, pensando bem, ele tenta ser gentil. E até me comovo com a atenção do André — ele fica tenso e nervoso pelo velho amigo, pelos seus segredos de infância. Bem, tem alguma coisa secreta entre eles. Ando tão louca que cheguei a pensar que era um segredo *sexual*. Aquelas coisas de criança, brincar de médico lá no canto da cerca, como eu brincava com o Otavinho, até o dia que a velha me pegou nuinha e me encheu a bunda de porrada. Pelo menos não contou pro pai. Sei lá o que houve, é uma fumaça a memória. Só sei que o Otavinho nunca mais na vida apareceu por perto. Bem, depois a gente vai ficando grandinha e brinca com médico de verdade — de tirar filho da barriga, por exemplo. Fase ruim aquela. Eu estava era me fodendo de verde e amarelo. Bruuummm, sai coisa ruim da burrice da juventude! Mas a gente aprende, vai respirando, ficando zen-budista. Até cigarro careta já estou parando. O André parou de vez, com aquele jeitão dele de quem está pagando promessa. E fico aqui no ateliê olhando em volta e vendo meus quadros, minhas cores, minhas formas, minha casa, meu homem, minha filha, meu cenário, minha memória já tranqüilinha, de quantos demônios me livrei, até minha falta de agressão para ir adiante, o desdesejo de me tornar a nova Tarsila... o só sonho de ser a Laura do tamanho dela. Meus quadros são eu, e eles estão bonitos. Dá medo de expor. Já estou até vendo a cara do Juve coçando a barbicha na galeria e pondo a notinha no jornal: *Apesar da tendência ao* kitsch, *as marinhas de Laura Devinne...* Ainda bem que o André gosta. Quer dizer, de tempos em tempos toma o cuidado de trazer o Nazaré pra conferir, que fica olhando, acho que gostando, sem dizer nada. Imagino os dois conversando depois: Como é, dá pra expor? O que você acha? Como se eu fosse mercadoria. Nada, eu até gosto. Quem não gosta de ser amada, cuidada, mimada assim, com minúcias?

Sábado teve festa. Gostoso, me diverti. E ganhei um vaso lindo de flores da Luíza. Só o André que não estava muito solto não, preocupado o tempo todo com o maldito amigo de infância. Não com ele, que eu conheço o André, mas com o que os outros estariam pensando daquela figura esquisita. O André tem uma estranha mania de perfeição. Ele gosta das coisas exatamente nos seus lugares e nos seus papéis. Qualquer fricção, qualquer tampinha ao lado da lata de lixo deixa ele nervoso. E a perfeição deve se estender também às pessoas, não às pessoas em si, mas às zonas de contato entre elas. O André odeia discussão, perda da cabeça, violência psicológica, sei lá. Tem uma diplomacia nata. Acho que é o temperamento dele que leva ele pra frente lá na Secretaria. As pessoas confiam. Se bem que eu acho que ele é assim não por natureza, mas por um esforço de cabeça, por força da vontade, de querer ser assim. O desgraçado, devagarinho, consegue tudo que quer. Pois não me conseguiu? Ou fui eu que conseguiu ele? Fui eu, sim. Ele fingia que não estava nem aí, e aquele olho me pregando na parede que relampejava. Engraçado, as coisas acontecem tão por acaso. É, mas tem um lado selvagenzinho dele que me atrai de arrepiar. Essas minhas memórias estão parecendo reportagem de revista feminina. Falar nisso, preciso pedir ao meu maridinho pra fotografar meus quadros. Ele adora manusear aquela Olympus dele, trocar lentes, objetivas. É o tal trenzinho que faltou na infância.

A Letícia chegou na festa no estilo dela, já de cara batendo no carro do Flávio. E, é claro, a culpa foi do Flávio. O Flávio fingiu que nem deu bola, mas uma hora flagrei ele sozinho, conferindo disfarçadamente a batida no pára-choque. Levou um susto quando me viu e fingiu que estava amarrando o cordão de sapato, no escuro do jardim. HOMEM = animal bobinho, porém adorável. Até que a Liana desta vez estava simpática, pelo menos não ficou discorrendo sobre o método científico de suas aulas de história na universidade. Meio posudinha, mas é só jeitão. Bem, o tal doce dietético da receita dela é uma bosta. Sobrou tudo, e tive de usar todo o meu tato pra ela levar de volta, que aqui não tinha serventia. No final, todo mundo comeu bergamota, pra arrematar a festa. Ou mimosa, como diz o André. Mimosa é um nome bonitinho, mas não tem nada a ver. Bergamota sim: a gente até vê os dedos arrancando a casca. Mas estava meio verde. Fiquei curtindo vendo as duas namoradas. Elas estão bem mesmo. Eu sinto que os homens (André, Flávio, Beto — não o Odair, que esse não entendeu nem viu coisa nenhuma, só o olho arregalado na sombra a noite toda) que eles não entendem. Disfarçam bem, porque é feio não disfarçar, somos civilizados, mas não entendem de fato. Não entendem nada. Talvez por dor-de-cotovelo, porque duas mulheres que se amam dispensam solenemente a espécie masculina. Ou porque são meio burros mesmo, pra certas coisas. Isso mexe fundo com uma porrada de coisas. Pois mexeu comigo. As pessoas acabam se encontrando, é bonito isso. E pelo menos a Letícia não me enche mais a paciência.

O Flávio fica lá com aquele ar superior, as piadinhas bem-humoradas que são o escudo para os outros se entregarem ao papo e à sabedoria dele. Claro, não piadinhas com a Letícia, que ele é gente fina. Mas sei lá o que eles riem entre eles. Só não me dá raiva porque eu tenho um tesão muito grande pelo André, e se a classe masculina tem um exemplar como ele é porque não deve ser tão ruim assim! Só imagino o que aconteceria se um dia o André lesse isso aqui. Bem, *um dia* ele vai ler, acho eu, mas não por minha iniciativa. Fechado a sete chaves. Ou eu me solto e falo tudo pra mim mesma, ou não serve pra nada. É um jeito de eu me organizar. Ou sei lá por quê. Vai ver é porque quero me imortalizar. *Memórias de Laura.* Até que fica bonito o título. Bem, a professora Solange disse que eu tinha talento pra escritora. Descobri que não quando levei sessenta dias pra escrever um conto (e o André levou um semestre pra comentar — *interessante,* ele disse) — e bastou pintar um quadro em duas tardes pra descobrir de que jeito que eu matava a charada melhor. Chega a pintura pra ocupar meus poros.

Fiquei preocupada com o Beto. Ele está se enterrando de maconha. E de outras coisas, o André desconfia. O André não gosta dele. Quer dizer, não sei se não gosta dele ou não gosta do que ele está se tornando, meio idiotazinho sem assunto, eternamente planejando montar a banda que não sai nunca do primeiro ensaio, reclamando da grana curta do velho, sempre atrás da primeira borboleta voando que passa. Acho que a gente está ficando careta. Ninguém fala nada, mas o ar está diferente. No começo era aquela puxação na sala mesmo. Depois de umas carrancas do André, bem na época da promoção, o pessoal foi rareando. Ficou o Beto, mais por memória afetiva. Na festa, quando ele puxou um trabuco na varanda e ofereceu pro Odair — acho que os dois vão acabar se dando bem — o André cochichou alguma coisa e o Beto se arrancou pros fundos. Fiquei com medo que ele caísse no maldito poço, com aquelas tábuas meio podres. E bem lá que ele foi puxar. O Odair não foi, percebi que o André falou alguma coisa. Só pra cabeça do André mesmo, cair na conversa do Gonçalo de que era só furar que a água aparecia. Em cima dum barranco! Agora tá aquele buraco ali, morro de medo, e o André não se coça. Vou chamar alguém pra tapar.

O melhor mesmo foi a noite, aquele negrume de assustar, sem estrela. O Odair acabou dormindo bêbado na varanda, de roncar. O André esticava um último papo com o Flávio e a Luíza. O Flávio botou na cabeça que o André vai se candidatar a deputado, era o que faltava! Falou até num misterioso Projeto Devinne. O André só ria, mas não disse sim nem não, daquele jeito dele. Eu saí de mansinho, cansada, dei uma olhada na Júlia, que era um anjinho dormindo com a perna pra fora, daí vim pro ateliê, que deixei no escuro, abri a janela e fiquei olhando o negrume. Tinha filado um cigarrinho da Luíza. Fiquei fumando, quieta, vendo aqueles contornos de pouca luz pelos telhados da Lagoa, a neblinazinha, e as formas parece que vão se transformando. Fiquei comovida, arrepiada, não sei por quê. Eu nunca sei nada, mas não me importo. Depois ouvi o carro do Flávio, e fui ouvindo os passos do André em algum lugar bem próximo, adiante, chegando perto, muito perto, fui curtindo os passos dele, podia até ver ele, respirando, e depois as mãos dele me tocaram. Nenhum de nós dois queria falar, então deu certo. Aconteceu de um jeito como diz na Bíblia: ele veio até mim, e me amou. Minuciosamente, comovidamente, pedaço a pedaço.

Afinal me ergui, num silêncio autista com tantas direções simultâneas que acabava não indo a lugar nenhum. Sou um homem *bom*, estou absolutamente seguro de que sou um homem *bom* — nenhum dos meus milhares de defeitos ou deformações, por mais fortes que sejam, conseguiu arranhar a porcelana da minha bondade, da minha boa qualidade humana, do impulso que a qualquer estímulo estará pronto à carícia, ao perdão, ao beijo, à solidariedade. É sempre a comunhão que me vem antes — só por acidente (nervos quebrados, falta de ar, tímpanos estourados, gases nas vísceras, um soco no nariz, pequenos e inexplicáveis interesses) a dolorosa e cultivada comunhão humana se rompe. Mesmo assim, se me dão *tempo*, a casca da pele se engrossa e eu resisto, refugiado fragilmente na minha superioridade. É uma guerra pequena e dura, prolongada, invisível — e podemos morrer dela. Mas não seria aquele ogro — um homem substancialmente *mau* — que iria me matar. Se eu entrasse no jogo, seria esmagado — porque me pareceu que tudo que ele dizia estava certo, mas ao final da mais exata aritmética o resultado era um ser inventado que não tinha nada de mim. Fiquei tranqüilo assim, no fio do arame, uma pequena vertigem de paz, mas forte o suficiente para me fazer sorrir, um sorriso limpo, sem ironia. Falar era perigoso, língua presa na gaiola aberta, mas arrisquei, delicado:

— Doutor Cid, acho que não temos mais nada a conversar. Por favor, não se incomode em me levar de volta na Brasília. Uma longa caminhada vai me fazer bem. Disfarçando a tontura do uísque e dos murros, dei dois passos moles em direção à porta. Ele ergueu a voz, um tom estranho de ameaça:

— Nem seria possível, Devinne. Aquele carro, a essa hora, nem existe mais. Já deve estar em estado adiantado de desmanche em algum lugar do Boqueirão. — Parei e olhei para o homem. Ele tirava mais coelhos da cartola: — Rodas, pneus, motor, caixa de câmbio, paralamas, vidros, portas, motor de arranque, tudo está sendo empilhado em prateleiras. Tudo vale dinheiro. Digamos que, assim, ele vale dez vezes o que valeria no momento em que te trouxe aqui.

A frase me saiu com um toque de desprezo aristocrático (em alguma coisa — o sobrenome — eu seria melhor que ele):

— Quer dizer que é esse o seu trabalho? Comprar carros velhos e vendê-los aos pedaços para a sucata nacional?

Ele deu uma boa risada.

— Ah, Devinne, eu admiro você. Sabe que você é um homem bom, apesar de tudo? Sempre positivo, sempre trabalhando com as hipóteses normais, honestas, corretas! Qualquer débil mental perceberia imediatamente que aquele carro é roubado, Devinne! Qualquer pivete da praça Osório entenderia instantaneamente o que eu quis dizer.

Era penoso raciocinar diante daquele homem. Abri a boca.

— Então... então o senhor quer dizer que é um ladrão de carros!?

Ele riu, deliciado.

— Ah, Devinne, não seja tão cru, tão seco assim! Por que você não diz que eu sou um empresário alternativo, um executivo bem-sucedido da economia informal, a mais florescente do país? Afinal, à custa de uns tantos proprietários irritados, quase todos muito acima da média de renda brasileira, e em geral escorados em seguros seguríssimos, outro ramo da economia que progride velozmente pelo esforço de homens como eu, à custa das empresas de seguro, que aliás estão cada vez mais ricas porque é óbvio que o número de carros nãoroubados é muito superior ao de carros roubados, à custa deles (para falar a verdade, ao lucro deles), dou emprego, comida e abrigo a centenas de brasileiros que, de outra forma, já estariam mortos.

Pausa teatral. Ele saboreou as próprias palavras e o meu espanto, ainda sem perceber o medo que eu senti, começando lentamente a juntar os pedaços daquela aventura infeliz. Frio no estômago, eu descobria que aquele homem ou era um louco, ou um assassino, ou ambos. *Sair dali o quanto antes.*

— O que você acha, Devinne?

Abri um sorriso inseguro. Agora era o caso de fazer *conscientemente* o jogo dele.

— Bem, sob certos aspectos até que o senhor tem razão... — e olhei para a porta fechada. Havia cães naquele quintal, guarda-costas. Eu estava condenado. Senti uma saudade brutal de Laura. Inútil fingir indiferença: o doutor Cid era melhor que eu em tudo. Desde que eu cheguei não tinha feito outra coisa senão ficar na defesa, e cada vez mais grogue. Aquele tarado ia me matar. *Por quê?*

— Sob todos os aspectos, Devinne, todos! Não fique aí babando esse moralismo cristão, que afinal não tem nada a ver com ética. Ética é uma montanha mais alta, e diz respeito exclusivamente a você. Nem venha me acusar de egoísmo. Egoísmo é uma palavra vazia. Lembre-se que você, como eu, como a Vera, cada um é sozinho um aglomerado de gente ao mesmo tempo, e se a ética diz respeito exclusivamente a você, diz respeito, por tabela, a todo mundo. Ou você vive, pensa, respira, anda, dorme e come dentro de uma bolha hermeticamente lacrada? A ética, qualquer uma, é sempre uma obra coletiva. Pense o tempo todo em você mesmo e tranqüilize-se: os outros estão juntos, pensando com você, sussurrando no ouvido. Eles fazem parte do nosso mosaico. — O doutor Cid suspendeu a voz, sempre satisfeito, e afinal prestou atenção em mim: — Mas se sirva de mais uísque, Devinne. Você está pálido. Uísque é ótimo pra pressão baixa. Duas pedras?

Fiz que sim e olhei para as janelinhas próximas ao teto, investigando a bolha hermeticamente lacrada. No máximo passaria meu braço por ali, para os cães comerem. Copo de bêbado, derrubei gelo no chão — e o doutor Cid rapidamente recolheu-os para mim, gentil. Quase batemos as cabeças. Inútil: o crânio dele deveria ser de aço inoxidável. Ele seria capaz de esmagar minha cabeça com a testa só como demonstração lógica de uma lei da física.

— Para falar a verdade, Devinne, exagerei um pouco. O comércio de carros roubados é apenas uma ramificação menor das minhas empresas. Eu até relutei um pouco para entrar nele, um negócio de baixo nível, mais para PM desempregado que para empresário sólido, mas o poder tem esse defeito: ele se alimenta, cada vez mais, de mais poder. É uma lei universal, Devinne, em tudo: não se pode parar. Por exemplo: os carros roubados alimentam as companhias de seguro que alimentam as máfias da segurança que alimentam a tecnologia do alarme e assim por diante. Todos juntos vão ocupando espaços, dando empregos, produzindo riquezas... A máquina se alimenta dela mesma, ininterrupta. O ideal é ter um dedo em cada fase do ciclo. Eu estou chegando lá. Comer ou ser comido, é a velhíssima e sábia lei da natureza. E eu não tenho vocação pra sardinha. — Parou, sacudindo o gelo no copo, concentrado, surpreendido com uma pequena descoberta. — Engraçado: os artistas, os santos, os moralistas, a arraia miúda, parece que todos têm uma vocação irresistível pra sardinha. — Meteu súbito o dedo no meu peito, que afundou: — Sabe o que é isso, Devinne? — Fiz que não, descobrindo mais uma vez o estalo do ouro no fundo da sua boca, a um palmo desconfortável da minha. Ele baixou a voz: — O medo, Devinne. O medo. E explodiu a risada, que teve pelo menos o dom de afastá-lo de mim. Um homem feliz, num dos melhores momentos de sua vida: dono do palco, da luz, da força, do carisma, da lógica. Das palavras, nada ficava em pé, mas ele estava em pé. *Um homem inteiramente de acordo com ele mesmo; nenhuma fissura, nenhum vácuo, nenhum pé trocado, nada; um pesadelo inteiriço e feliz.* Me puxou pelo braço, cordial:

— Mas sente aí, Devinne, que a conversa está boa. Bem, eu confesso que trabalhar nesse ramo dos carros roubados foi providencial no projeto Devinne.

— Projeto Devinne?!

— Depois explico. Cá entre nós, um momento de fraqueza que eu tive. Mas enfim...

Eu confesso, desgraçadamente eu confesso: sou um homem tão mimético, tão capaz de pegar a cor das pedras que me cercam, que a simples faísca, os sons da seqüência *projeto Devinne* abriram no mesmo instante uma senda de salvação que em décimos de segundo se transformou num renascimento — depois de quarenta anos de fracasso, quarenta anos de perda, eu entraria no lado escuro da vida, na marginalidade real, física, concreta, eu entraria no fascinante mundo do risco. Jogar no lixo a identidade, o CPF, a carteira de trabalho e o atestado de bons antecedentes, e assessorar, 38 no bolso, um magnata do crime. E não era estratégia de defesa de alguém acuado;

por um décimo de segundo, a hipótese se tornou de fato um projeto possível de vida. (Ou terá sido, mais uma vez, o eterno esforço inútil de tentar a sintonia com um semelhante?)

— ...mas enfim essa fraqueza é outro assunto. Do que eu falava mesmo?

Eu estava de novo acomodado na poltrona, refugiando o medo na curiosidade. Voz baixa:

— Da utilidade dos carros roubados.

Voz alta:

— Ah, sim. Veja: sou um homem que já chegou a um ponto bastante confortável de segurança. O topo — e ele levantou a mão, mostrando didaticamente a altura da pirâmide. — É aquela história: para chegar até o doutor Cid é preciso ir derrubando andaimes, muitos e variados, do puxador da rua ao senador da República, e como cada um faz a sua parte sem perguntar nada, sei que posso tomar meu uísque com muito mais segurança que as velhinhas que atravessam ruas. O povo é sábio, Devinne. Sempre que a nossa abnegada polícia faz algum estardalhaço com a prisão de uma quadrilha, daquelas de sair no Jornal Nacional, o povo cochicha: é, mas os figurões mesmo, esses estão tomando banho de piscina. Só pegam ladrão de galinha! E é a mais cristalina verdade: os figurões, como eu, esses sempre estiveram e sempre estarão tranqüilos, exceto uma ou outra raríssima exceção, se é que há. Não é só porque a gente toma cuidado. A verdade é que os elos de produção não podem ser arrebentados pelo delegado da esquina, sem mais nem menos, ou então seria o caos. Para isto existem as leis, a ordem, o poder executivo, os ministros do supremo, as bancas de advocacia, a Fiesp, as corporações dos empreiteiros, as redes de televisão, as comissões de inquérito, todos trabalhando juntos em prol do equilíbrio social. — O doutor

Cid fez outra pausa teatral, com o sorriso metálico: — O que você acha?

Impossível contrariar um homem tão feliz. Era estranho: tudo que ele dizia era sinistro, mas ele não. Uma alma solta.

— Eu acho que o senhor tem razão.

Quase que eu disse: eu acho que o senhor tem razão, mas, apesar de tudo, *o estado de direito...* Não. *A única possibilidade de redenção social do homem está no comum acordo das leis...* Não. *A noção abstrata de justiça, a noção de que cada homem é um valor em si, construída duramente ao longo dos séculos...* Não. Tudo que me ocorria era a decoreba de um primeiranista de direito. E a realidade é um vulcão de dez milhões de faces camaleônicas explodindo na minha cara a todo instante. Ele tinha razão, naquela noite, no coração do meu pânico: André Devinne não passa de uma pequena merda. Eu não posso ficar sozinho; eu preciso da minha Laura.

— Pois bem, meu amigo. Apesar da minha segurança, é sempre bom tomar cuidado, principalmente ao realizar nossos caprichos. Assim, o carro roubado foi providencial para te recolher da rua. Na hipótese altamente improvável de que alguém tenha te visto entrando nele, alguma testemunha idiota na hipótese mais improvável ainda de sentirem tua falta, nem o mais arguto inspetor Maigret do distrito chegará a algum lugar com essa informação. E o tal anúncio de jornal, que até poderia ser uma pista se o Conan Doyle trabalhasse na polícia, não saiu, nem vai sair; não existe. Aliás, está aqui — e ele apontou o papel amarrotado no cinzeiro. Percebeu? Você... — e o doutor Cid estalou os dedos — ... evaporou!

Outro murro. Silêncio. O doutor Cid, quem sabe condoído do meu estado de terror, tentou se justificar:

— Ora, Devinne. Convenhamos: você não queria que a Vera fosse te buscar num Mercedes importado, não? Com todo

aquele olho gordo da crioulada solta na praça à meia-noite...
Tenho todos os defeitos, menos o da vaidade — esse sim, é
mortal num país como o nosso, esse bom Brasil.

Silêncio. É difícil dizer, mesmo agora — fica por conta do
meu substrato cristão. Mas o doutor Cid não era um homem
completamente agressivo. Duro, é verdade; seco até; frio, sempre. Mas tinha ainda no estoque do espírito um impulso de
comunhão. Pôs a mão amiga no meu joelho:

— Devinne, não faça essa cara de cachorrinho perdido.
Seja sincero, seja *bem* sincero: você quer *mesmo* voltar para
lá? — e o braço apontou para a terra dos homens.

Como todas as manhãs, André Devinne deixou o motor do carro em marcha lenta durante 15 minutos — o tempo exato de tomar seu leite e comer um sanduíche de queijo e presunto. Odair amanheceu animado e curioso — o entusiasmo de quem quer se familiarizar logo com cada detalhe de uma nova e boa vida. Uma segunda-feira luminosa.

— Por que deixar o carro ligado tanto tempo? Não gasta gasolina?

— É a álcool.

— Ah, carro a álcool. Na cadeia do Ahu tinha um cara, o Mendonça, que era mecânico. Ele dizia que carro a álcool era uma bosta. — Segurou o pão diante da boca aberta, lembrando. — Engraçado, o Mendonça. — Começou a mastigar, falando ao mesmo tempo. — Ele matou o próprio pai, com um outro sujeito, pra receber o dinheiro do seguro. Matou com uma faca dessas, de cozinha mesmo — e Odair mostrou um exemplar da mesa. — O velho levou um dia inteiro pra morrer. Mas mesmo quando a polícia chegou, ele mexendo os olhinhos, não disse que tinha sido o filho. Quer dizer, não disse nada. Vai ver não tinha força pra falar. — Odair parou de mastigar, pensativo. — Você matar a Isabela, que era só tua tia, ainda dá para entender. Mas matar o pai... Tem que ser muito filho-da-puta pra fazer uma coisa dessas. Mas o Mendonça era boa gente.

André manteve a inesperada tensão nos limites do corpo. Respirou lentamente. *Sei. Só não saia contando essas histórias por aí* — mas permaneceu em silêncio. Uma coisa seu visitante já tinha aprendido: silenciar sempre que houvesse mais alguém por perto. E eles estavam sozinhos — Laura tinha ido levar a filha para a escola da Lagoa. Mentalmente, André mudou de assunto: em breve diria à mulher que Julinha deveria ser matriculada numa escola particular da Trindade. Era caminho para ele, e o padrão de ensino não tinha comparação. Laura gostava da escola da Lagoa mais por ligação afetiva — e por conforto, também. Num lapso, Devinne lembrou-se de sua própria infância, o terror da escola, da casa, do pai, da mãe, das irmãs. Quantos pedaços ele teve de deixar pelo caminho? Que terrível aprendizado por conta própria foi ele chegar até aqui? Diante de sua sombra, que não chegou em lugar algum.

— Vamos?

— Você vai deixar a casa aberta?!

— Só encostada. A Laura já vem vindo.

Odair demorava a entrar no carro, sorrindo para o patrimônio do amigo.

— Já pensou se a gente tivesse casas assim, com essa facilidade pra assaltar, no nosso tempo, hein Juliano? A gente tinha ficado rico bem antes!

Devinne engatou a primeira. Uma segunda-feira irritada.

— Sou *André*, Odair. Não esqueça.

— Desculpa, caralho! Sempre fui ruim de cabeça. Como é que abre a porra desse vidro?

André explicou. Alguns metros adiante acenaram para Laura, que já vinha voltando.

— Tua mulher é... é muito bonita. Você sempre teve sorte. Só mulher tesão.

André sorriu — o esforço do controle, minuto a minuto, estava dando certo. Era simplesmente o caso de *educar*, com paciência.

— Não se fala assim da mulher do amigo, Odair. Você precisa se civilizar. Parece que a cadeia te deixou um bicho-do-mato.

— Eu sempre fui um bicho-do-mato, Juliano.

— *André.*

— Porra, não encha o saco, Juliano. Só nós dois conversando. Tem cigarro aí? O que eu tinha acabou.

— Parei de fumar.

— Isso *também* é coisa de gente fina, André. Na pobreza, nunca vi ninguém deixar de fumar. Deixa de comprar, mas de fumar não. Você está mesmo importante pra caralho. E o tal Flávio diz que você vai ser deputado, porra! Eu sempre achei que você tinha futuro, amigo! Você é foda!

— O Flávio estava brincando. Esqueça, Odair.

Concentrou-se nas curvas do morro da Lagoa, sentindo o prazer anestésico de dirigir um carro bom, novo e confortável, macio, silencioso e obediente ao mais suave toque do pé. O silêncio era o refúgio, mas ele continuava acuado, ainda sem direção a tomar — e de repente viu-se obrigado à marcha lenta atrás de um ônibus que rangia dolorosamente ladeira acima. Rezou para que Odair não falasse, mas Odair estava demasiado feliz, espichado no banco, cotovelo para fora da janela, olhando tudo ao mesmo tempo.

— Como é bonita essa Lagoa, Juliano. Porra, eu não sabia que Florianópolis era uma cidade tão tesão. E ainda descobrindo você, que é uma arca do tesouro! Olha só eu aqui, num carrão zero, num puta dia de sol desses, passeando com o amigo de infância... que vai para sempre me salvar do mau caminho! — e explodiu a risada sem compasso, ao mesmo tempo em que dava um tapa forte na perna de André. — Que tal? Não foi bom a gente se encontrar? Hein?

— Foi uma surpresa boa, Odair. Falar nisso... — finalmente conseguiu ultrapassar o ônibus, no topo do morro.

— Porra, cara. Você tem que me emprestar esse carro pra eu dar umas voltas. Faz anos que não dirijo!

Laura diria, se soubesse: *é o karma*. André fingiu não ouvir.

— Falar nisso, você ainda não me disse como me descobriu.

Teria sido muito inquisitivo na pergunta? Odair olhou para ele com uma desconfiança marota. Outra risada:

— Também tenho meus segredos, Juliano! Não sou tão burro como você pensa!

Melhor assim: não era exatamente desconfiança, mas a curtição de uma pequena qualidade, uma fatiazinha de amor-próprio. Era preciso dar corda.

— Nunca achei você burro, Odair.

Risada.

— Nem venha, Juliano. Você vivia cagando na minha cabeça. E que tal? Aqui estou eu, vinte anos depois. Sei tudo sobre o grande... como é mesmo? ...o grande André Devinne, figurão do governo, futuro deputado, gente finíssima! — Apalpou os bolsos, agitado; era o momento dele. — Porra, vontade de fumar. E você tem que me arrumar uma grana, Juliano, que estou na merda total.

— Claro. A gente já vê isso. Vou deixar você outra pessoa.

— Isso, amigo, isso! Faça de mim outra pessoa! Porra, não tenho mesmo nada nem ninguém. Se eu morrer amanhã numa valeta não vai ter um só filho-da-puta do mundo a reclamar o corpo. Ninguém! Nem o velho Lord Rude, que já morreu. Nenhuma mulher, que são todas umas putas, nada! Vou ser outra pessoa, que nem você. Até mudar o nome, que tal? Que nome você acha que eu devo ter?

André vigiava com o canto dos olhos o amigo se entusiasmando furiosamente com a idéia.

— Pois...

— Já sei: Demétrius. Já pensou, você me apresentando? Esse aqui é o meu velho amigo Demétrius! E eu ali, todo bacana, com o meu carro, a minha casa, a minha grana — e de novo a risada catártica, um homem brutalmente feliz com o próprio sonho.

Devinne achou graça da alegria do amigo, e sentiu-se menos angustiado. Talvez a idéia não fosse má.

— Demétrius! — riu de novo. — De onde você desenterrou esse nome, Odair?

Desconfiado:

— Não é bonito?

— Claro que é! — e o carro transpôs suavemente a primeira lombada. Pacificou mais ainda: — Demétrius! Um nome sonante, que combina com teu jeito!

— Você acha mesmo? É um nome de um lutador antigo, daqueles que matavam leões...

— Ah, sei. Um gladiador romano!

— Isso! Gladiador! Porra, Juliano, você sabe tudo! Demétrius, o Gladiador!

Provavelmente o nome de algum filme da infância no cine Curitiba, onde se trocava gibi — trinta anos depois, o cartaz colorido ainda perseguia a memória. *Será possível cortar todos os elos da lembrança, fazer de si mesmo, sem passado, a própria obra?* De fato, é impossível. Mas na prática, no mundo visível, naquele em que os homens se vêem e se reconhecem?

Sentiu uma agulhada no estômago, lembrando também ele da velha neblina, a imagem do pai morto a lhe dizer, para sempre: *Nada*.

Na Beira-mar norte, o carro a pouco mais de cem na pista central, sentiu que Odair olhava para ele em muda e feliz contemplação.

— Porra, Juliano. Nunca me senti tão feliz na vida. Fiquei até arrepiado, olha meu braço — e os dedos tocaram o ombro tenso do amigo.

— Odair, vamos fazer um trato. Se alguma vez você se distrair e me chamar de Juliano em público, a gente inventa que era nosso jogo de infância. Você era Demétrius, o Gladiador, e eu Juliano, o Imperador. Que tal?

Risada rascante e feliz.

— Legal, cara! — Repetiu, experimentando os sons: — Juliano, o Imperador! Demétrius, o Gladiador! — Outra risada.

— Esse doutor André Devinne é foda mesmo! Pensa em tudo!

André riu com ele o jogo inocente. Um gladiador domesticado, que não sabe a força que tem, e nem deve saber.

Na praça da Figueira, André parou o carro.

— E agora, Imperador? Para onde vamos?

— Eu vou trabalhar. Você pega este cheque — e tirou do bolso o cheque preenchido na véspera —, vai nesse banco aí bem na frente, espera abrir, pega o dinheiro, vai ali na Felipe Schimidt, compra calça, sapato, meia, camisa, cueca, o que precisar, depois almoça, vê um filme, circula por aí, e no fim da tarde volta pra casa. Vai ali no terminal — e o dedo apontava — e pergunta pelo ônibus da Lagoa. Eu não tenho horário pra sair, por isso não te levo de volta. Ah, e não esqueça de passar num barbeiro e ficar com cara de gente!

Odair olhava o cheque, intrigado.

— Então passo o dia sozinho? Eu pensei que você ia me levar lá no teu serviço. Você não ia ver se tinha emprego pra mim?

A imagem do espantalho nas ante-salas da Secretaria, lado a lado com o doutor Devinne, deu um frio na barriga. André tentou explicar:

— Isso não é assim, de uma hora pra outra, Odair. Você não quer se transformar? O primeiro passo é esse.

Ele continuava olhando o cheque.

— Porra. Isso aqui é dinheiro pra caralho. Você acha que o cara do banco vai entregar a grana na minha mão? Não gosto de entrar em banco. Uma vez fui trocar um cheque roubado e me fodi. Os gorilas me levaram pelo pescoço — e o olhar de fuzil revelou uma súbita e quase invencível suspeita. — Cara, você não está querendo botar na minha bunda? Por que você não me dá direto a grana? Ou por que não entra lá comigo?

André Devinne afundou a cabeça no volante, suspirando.

— Ai, Odair, pelo amor de Deus... deixa de ser bicho-do-mato, porra! Deixa de ser...

— ...*burro*, não é? — e a risada grossa reabriu o céu da convivência. Um tapinha no ombro do amigo: — Tudo bem, Juliano. Só queria saber se eu não estava sonhando... quando a esmola é grande...

André Devinne sorriu, olhos no amigo. *Não era teste; era suspeita mesmo. Um homem condenado ao inferno.* Bom humor, agora:

— Desça duma vez, Demétrius! Se você já fez o mais difícil, que foi me descobrir! Se vire! Quero ver você chegando bonito em casa!

Odair puxou a perna boa para fora do carro. Ainda sentado, pensou um pouco antes de brincar:

105

— Sabe o que foi essa perna mais curta que a outra? Os leões me pegaram na pista e o Imperador mostrou o dedão para baixo! Me fodi!

André riu travado, e fechou rápido a porta do carro. Mas no mesmo instante Odair meteu a cabeça para dentro:

— O Mendonça sim, que era burro. Carro a álcool é um tesão!

Mais uma vez jogado nas cordas, sem ar. Eu queria mesmo voltar para *lá*? Embarquei, sem pensar, numa frase reflexa:

— Se eu quero ou se eu não quero voltar para a terra é um problema estritamente meu. — Cheguei a esticar o pescoço: — Do que eu não vou abdicar nunca é do meu direito de escolher.

Quem levaria a sério uma voz estrangulada como a minha? Ele aproximou a cabeça, intrigado, olhos no ratinho branco. Teria descoberto um furo na hipótese?

— Ora, Devinne, convenhamos! Um homem com a sua sensibilidade, com a sua informação, com a sua cultura, vem me falar em *escolha*? Em livre arbítrio? Em liberdade? Que coisa mais antiga!

Olhei para o copo de uísque da minha mão. Poderia jogá-lo na face do ogro ou poderia não jogá-lo. (Houve uma fração de tempo para eu me perguntar: por que a fixação com o arremesso como índice de liberdade? A criança freudiana que joga os pratos pela janela, diria Laura.) Decidi falar, mas, dolorosamente, não conseguia arrancar convicção de nenhum buraco da minha alma:

— Doutor Cid: posso jogar esse copo no seu rosto. Ou não. A escolha é minha. É simples.

Ele pareceu surpreendido com o ratinho — mais uma vez, um surpresa *científica*. Senti que meu braço estava muito próximo do gesto. Eu ia foder com o penteado, a pose e os óculos dele. Em seguida, um murro no estômago e... a respiração endureceu, mas não tive tempo — o doutor Cid estalou os dedos:

— Ótimo exemplo, Devinne! Ótimo! — e aproximou a cabeça, fazendo-se cobaia. — Jogue! Com todas as forças! Liberte-se!

Ridículo. Preferi ficar com o copo, sem levantar os olhos. Dei mais um gole, como quem justifica a escolha. Mas ele ficou mais feliz ainda.

— Só os muito ricos escolhem, Devinne! Você sabe disso, qualquer idiota sabe! Chega de teatro! Olha, Devinne — e ele parecia mesmo entristecido com o que dizia — e agora nem mesmo os ricos podem falar em livre escolha. As coisas hoje em dia estão brutalmente maiores que as pessoas. Mesmo os poderosos têm uma margem de escolha muito pequena — e são sempre escolhas previstas no jogo, sem metafísica nenhuma. A liberdade é apenas uma boa idéia com muitas utilidades. Veja, que imagem bonita, o povão abrindo a boca com os dentes podres, feliz da vida: sou pobre mas sou livre! Posso ir de ônibus e voltar a pé, ou posso ir a pé e voltar de ônibus! — e seguiu-se uma gargalhada de engasgar. O doutor Cid estava muito alegre.

Permaneci afundado na poltrona, tentando pensar. Sempre tive horror ao pensamento em estado puro — qualquer sofisma de pé quebrado me engasga. Minha matéria é (pelo menos era, há quatro anos) o mundo paralelo da ficção. Pessoas, seres, objetos, destinos que não existem em lugar nenhum, porque é só lá que eu estou inteiro. Aqui, diante de um buldogue real, sorridente e poderoso, que desastre se revela André Devinne! Figurinha encolhida e patética, ouvindo murros atrás de murros, seco de medo e terror, e tentando descobrir nas frestas de seu próprio desencanto, miséria e insignificância o único refúgio possível. Minha auto-estima, como apontava o buldogue, não resistia a um minuto de ar. As coisas iam se resolvendo sozinhas. Eu nunca mais ia sair daquele porão.

— Muito bem, Devinne, ótima escolha: você não quer voltar para a sua vidinha. Não discutimos mais esse assunto. Está bem assim? Mais uísque?

Aceitei o uísque, sem dizer nada. Um bêbado diante de um mecanismo estranho: a situação era assustadora, mas o doutor Cid não. Um homem realmente cordial, uma cordialidade metálica, mas cordial. Mesmo porque de mim não sobrava muita coisa. Tentei voltar ao começo, derrotado. A língua cheia de pasta:

— Eu só queria entender tudo isso, doutor Cid.

— É claro, Devinne, você tem todo o direito. Conversa vai, conversa vem, e a gente se perdendo.

— Eu só queria entender... — e eu queria mesmo entender, naquele cansaço estúpido — ...porque o senhor escolheu uma pessoa tão completamente sem qualidades como eu, como o senhor vem dizendo o tempo todo, para atormentar. Eu... eu estou cansado...

O doutor Cid entristeceu diante da minha tristeza. Chegou a tocar meu ombro com a mão.

— Pobre Devinne. Talvez... eu tenha sido um pouco ríspido, grosseiro, mas... no meu projeto, no Projeto Devinne... — e eu forcei para manter os olhos abertos; ele sabia sempre o momento exato de injetar uma gota de estimulante na veia do ratinho exausto — ...era fundamental que desde o primeiro momento as coisas fossem colocadas tais como elas são. Isto é, destruir presunções, frescuras, mentiras, conversa fiada, fantasias, tudo que é postiço. Limpar a alma, Devinne! Eu não contratei você para ficar ouvindo papo-furado sobre a sua extrordinária importância no mundo das artes. Fiz bem, não? Dói um pouco, é verdade, mas sem isso não se chega a comunhão alguma. E eu percebi, nos seus livros, como é importante o tema da comunhão humana.

O ódio voltou numa golfada e estrangulou-se na garganta. Eu ainda ia acabar jogando a merda do copo de uísque envenenado na cara daquele filho-da-puta. Mas ele já viajava noutra esfera:

— Muito bem. Você poderá perguntar: e o doutor Cid? Ele é perfeito, por acaso? Não, é claro que não, Devinne. Tenho cá minhas fraquezas, e fraquezas terríveis. Eu estava justamente falando sobre isso, no começo, quando nos perdemos em ninharias. O que eu dizia? Que chega um momento da vida em que todos, pobres e ricos, feios e bonitos, burros e inteligentes, reis e vassalos chegam a um impasse. Bem, para falar a verdade, os pobres, os feios, os burros e os vassalos convivem com ele a vida inteira, sem jamais resolvê-lo, porque mesmo o mais simples quebra-cabeças precisa de dinheiro para ser solucionado. Mas e os poderosos? Veja o meu caso: sou o epicentro de um conglomerado de atividades paralelas, umas formalmente legais, outras formalmente ilegais, em qualquer caso legítimas, todas fechadas num emaranhado de produção de riquezas que envolve desde crianças de favela até uma boa bancada na Câmara, sem falar dos escalões intermediários, o que inclui diretores de bancos, delegados de polícia, fiscais da receita, empreiteiros, juízes de três instâncias etc. etc. etc. Em suma, um belo figurão, como diz o povo, um figurão plenamente realizado em seus projetos pessoais. E mais: um figurão discreto, até apagado. Um patamar muito acima daquela cafonalha patética de sapato branco dos bicheiros do Rio, por exemplo, embora eles sejam muito úteis como cortina de fumaça. O tal gelo-seco dos desfiles no Sambódromo, você sabe. O doutor Cid era *irresistível.*

— Sei.

— Pois é. — E ele abaixou a voz, confidencial: um homem confessando uma fraqueza para o seu melhor amigo. — E agora? Isso é tudo? Devo me aposentar? Ou devo continuar engordando meu braço no Oriente Médio, em Miami, no Chile, na Colômbia, no Mato Grosso, continuar girando a roda? Sinceramente, Devinne, o que você faria?

Eu nunca soube o que fazer. O que eu pensei no mesmo instante foi uma infâmia. Pensei e disse, a voz que escapa, bêbada, preguiçosa, imbecil:

— Eu compraria a Laura. E perguntaria a ela o que fazer depois.

O último limite da depressão. Aquele homem continuava me destruindo, palmo a palmo. Deu um tapa carinhoso no meu joelho:

— Belíssimo, André Devinne! Belíssimo! — De novo abaixou a voz, confidente: — É isso que me falta, Devinne. A dimensão poética da vida. Não a frescura poética, o recitalzinho oficial com salgadinhos em volta. É a dimensão, o lado escuro, o mistério. Não é isso que move você? Ou melhor, não é isso que *imobiliza* você? — E ele ficou pensativo, como quem não entende (e o doutor Cid não podia passar um minuto da vida sem entender). Recitou: — *Comprar a mulher que se ama...* É estranho e é bonito. Só um homem como você poderia comprar uma mulher e não desprezá-la porque ela aceitou o preço. Amá-la em si. Sem troca. Será isso?

Talvez o doutor Cid pretendesse me contratar para escrever sonetos de amor. Mas eu estava cansado demais para achar graça. Peso na alma, peso nos olhos. Que horas seriam? O louco ergueu o braço sem relógio:

— E a dimensão poética, Devinne, tem a ver com outra: a comunhão. Deixa eu explicar.

Esperei. Ele se concentrava. Eu via na sua testa franzida a lógica maquinando. Súbito:

— Por exemplo: por que esses políticos corruptos, depois de uma vida inteira muito bem-sucedida, fazem tanta questão de, digamos, entrar na Academia de Letras, ou receber homenagens com banda de música? Ou por que são capazes de mandar fazer a própria estátua? Não é vaidade, Devinne, não é. A vaidade é uma casquinha. O que eles querem mesmo — e aqui o doutor Cid sussurrou, a culminância lógica: — o que eles querem mesmo é se sentirem aceitos pela espécie humana. Você compra a tua Laura, eu compro você, e eles compram o bronze da estátua, superfaturando a nota pra descontar no imposto de renda no item doações culturais, porque os cinqüenta bilhões de votos que tiveram a vida inteira não foram suficientes para serem admitidos na espécie humana. A ralé é muito vagabunda, Devinne: não reconhece nunca a grandeza deles. É preciso meter o pé na fresta da porta e empunhar o pé-de-cabra. No tempo em que havia Deus e a Pompa Divina não se precisava de povo, os enterros eram magníficos. Com a escritura de compra e venda do Paraíso, quem precisa de espécie humana? Mas agora é diferente, todo mundo olha o próprio pé quando caminha. Devinne, pense bem: já descobriram e comprovaram até a origem do universo. Por especulação cartesiana? Não. Quem descobriu foi uma maquininha menor do que essa sala pendurada lá em cima. Enquanto só pensamos, o mais interessante que se concluiu foi que a terra era sustentada por um elefante.

Olhei com espanto para aquele tarado metafísico. Abri a boca: *Não é bem assim, doutor Cid...* mas havia dois deles, balançando de um lado a outro. Eu já estava, agora sim, irremediavelmente bêbado. E o meu corpo havia levado uma surra. Eu queria dormir de uma vez. Mas ele não sairia dali antes de fechar os círculos concêntricos de sua paranóia:

— A espécie humana, Devinne! A espécie humana! É preciso pertencer a ela, mas sem abrir a guarda, que senão nos comem. Esse é o desafio! Por isso estou contratando você: para me ajudar na empreitada. Você é o homem certo: um fracasso que não sabe nada. Melhor: nem quer saber. Melhor ainda: faz da própria insignificância o ponto de apoio de alguma coisa parecida com orgulho, mas que é, bem lá no fundo, a sensação raríssima de pertencer à espécie. Esse é o diamante da alma! É isso, Devinne: a superioridade moral da pobreza, um estúpido paradoxo. Quando vamos nos livrar disso? E não é coisa de católico brasileiro, não! Pergunte a um europeu letrado qual o mais alto estágio da espécie humana e ele dirá que é um ianomami pelado catando piolho. E o pior, Devinne, é que até eu estou me deixando contaminar por essa...

Dormi.

O doutor André Devinne deixou o carro no estacionamento. Ao travá-lo, conferiu na porta o que parecia um risco, mas era apenas um respingo de barro. Entrou no prédio, cumprimentou funcionários — era um homem benquisto, o tranqüilo e afável doutor Devinne, sempre pronto a uma palavrinha no café, a sofrer com o porteiro, com o ascensorista, com a moça da limpeza, o pequeno aumento prometido pelo Governador, mas que fazer? é a crise — e chegou à ante-sala do gabinete, onde Aline, a secretária, noiva prestes a casar, lhe passou os recados.

— A sua professora de inglês ligou duas vezes, doutor Devinne. — Fez uma pausa. — A dona Laura ligou uma vez. Ela disse que o *freezer* está vazio.

Como sempre, nenhuma emoção especial no rosto da secretária. Mas a pausa entre um recado e outro era prenhe de secreta avaliação. Ele determinou-se a resolver o quanto antes a sombra dessa ambigüidade. *Os desastres começam assim.*

— Obrigado, Aline. Alguma notícia do Projeto?

— Ainda não, doutor. — Baixou a voz: — Mas parece que está um sucesso. Sexta à tardezinha eu ouvi qualquer coisa lá no primeiro andar. Coisa boa.

Devinne sorriu. Aline torcia por ele, um homem gentil:

— E os preparativos pro casório?

— Doutor, se o senhor soubesse! Ganhei da minha tia de São José um jogo de cama tão lindo, tão lindo! Todo feito à mão, com frisos das rendeiras! — Aflita: — O senhor vai, não vai? Já estou contando pra todo mundo que o doutor Devinne vai no meu casamento!

— É claro, Aline! Só não quero perder você depois!

— E eu posso me dar esse luxo, doutor? vê só se posso! O Antônio diz que não quer me ver em casa não! É continuar trabalhando! — Confidente: — E eu também não nasci pra ficar fazendo polenta na cozinha que nem minha vó Joanita!

O doutor Devinne entrou sorrindo no gabinete. Em nenhum lugar do país a cordialidade do homem brasileiro era mais visível que em Florianópolis. Um tapinha nas costas tinha a força de um decreto-lei; e outro tapinha revogava-o no outro dia. Está certo que trucidavam animais a pedradas na semana da Farra do Boi, mas talvez fosse esse o segredo da calma que sobrava para o povo entrar nos ônibus sem fazer fila. Sentado à mesa, Devinne refletiu sobre seus muitos anos de ilhéu, que ainda não haviam deixado traços no seu sotaque, aquela algaravia musical açoriana: *Eles se amam aqui, esse o segredo. O mundo acaba ali na ponte.* Devinne estava *comovido* — um daqueles momentos raros em que a vida inteira se volta para si mesma e o homem se vê como a sua própria obra. Não racionalmente; na pele.

Um segundo apenas: a presença de Odair, o patético gladiador, ocupou a sala: súbita marretada na testa a lembrá-lo que ainda faltava muito para ele chegar ao outro lado, à outra ponta do fio de arame, onde, finalmente, ele poderia respirar. Atravessar o fio. Por enquanto, o fio de arame era aquele gabinete, que ele amava. Lembrou-se de uma aula de muitos anos atrás: *A mobilidade social é um dos traços marcantes da colonização portuguesa que deixou marcas poderosas na cultura do*

Brasil. Ele sublinhava as frases do livro (*Raízes do Brasil? Os donos do poder?*), estudando, todas as noites, na terrível competição contra ele mesmo, depois de seis anos de cadeia, mais dois anos com a mesma Clara que o ajudou a sair, uma névoa que algum bloqueio mental impedia de rever, mesmo em sonhos, mais seis anos de nova identidade, o curso de Direito no interior de São Paulo, a dura sobrevivência, a viagem para cá, Laura, o primeiro cargo, a filha, o segundo, o terceiro... *e ele sempre pela metade, sempre algum pedaço que brilhava ali atrás e a mão dele não podia mais alcançar.* A mão dele podia alcançar Odair? Mobilidade social: bastaram algumas idéias na cabeça, Isabela esmagada, o pai morto (*Nada*), as mãos de Clara nas suas, a antiqüíssima *Seleções de Reader's Digest* lida num ônibus em fuga para sempre, e aqui estava André Devinne, o assessor de Secretaria de Estado, precisando telefonar para sua professora de inglês, não porque era real a possibilidade de viajar ao exterior para assinar convênios, mas porque ele precisava resolver na raiz um pequeno erro.

— Aline, por favor: você me liga pra professora Vera?

Antecipou alguns segundos, nervoso. Ela iria falar em inglês, simulando bom humor e tentando fingir que não estava acontecendo nada, e ele começaria a gaguejar.

— André, how are you? Nice to hear you, after three weeks... — O toque de mágoa. E a ansiedade: — What happened?

Aline estaria escutando na linha?

— Well... I... I'm sorry, I was very... busy...

— Were you? — e a professora corrigiu a pronúncia do aluno relapso. Pausadamente, didaticamente: — What about tomorrow?

— Amanhã? Mas Vera, eu..

— Speak English, please!

O que era um modo de sustentar a iniciativa e o que lhe restava de poder. Ele tentou se lembrar das frases feitas.

— Well, Vera, I will telephone...

— Phone...

— Sorry. I... — Abrupto: — Eu telefono depois.

Silêncio.

(Ele não disse: *Eu estou num momento muito difícil. Há um fantasma me atormentando e eu preciso me concentrar inteiro em Laura, minha mulher. Foi sempre ela que me arrancou do poço, sem perguntar nada. Eu não quero dar nenhuma chance ao acaso. Eu não quero mais brincar com você. Eu não posso mais brincar. Livre-se de mim.*)

— Acho que eu entendo, André.

Silêncio. Uma mulher ferida. Perigosa? Não, certamente não. Mas isso nunca se sabe; desde o início as mulheres eram o lado escuro. Escuro e inevitável, portanto sincero, porque ele nunca acreditou em escolha. Mas depois de um primeiro beijo na boca, que é sempre um desejo de redenção, a ser apenas sentido e nunca pensado, depois as mulheres crescem, assustadoras — e André Devinne entra em pânico (ou libera-o, porque o pânico é o seu estado permanente, bem atado na garganta). De todas, da triste Isabela à ferida Vera respirando agora no outro lado do silêncio, só Laura lhe deixava um breve espaço vital, de segurança, em que ele podia se mover sem esbarrar. Acabar logo com aquilo, um golpe de sabre na espinha. Não era difícil, ainda que doesse. Em seus quarenta anos ele já tinha aprendido o que jamais se deve dizer a uma mulher que se abandona.

— Eu volto a ligar, Vera.

Nem seco demais, que agredisse em excesso, nem demasiado cordial, que prometesse. Imaginou a violência com que o telefone foi desligado. E quase podia ouvir o choro que enfim se derrama. Mas não teve tempo de sentir remorso — no mesmo instante ouviu o sinal de chamada.

— O Secretário na linha, doutor Devinne.

Enquanto aguardava, filosofou sobre as diferenças: porque ele não era como o Secretário, que tinha permanentemente quatro ou cinco mulheres à disposição, de todas as cores, raças, profissões, estados civis, idades — e vivia rindo? Um homem tranqüilamente previsível. Devinne rabiscou no bloco de recados como seria a seqüência: a) família; b) piada; c) o assunto do telefonema: *Projeto Devinne*; d) despedida, com piada e recomendação à família.

— Devinne, meu querido, tudo bom? A Laura, vai bem? E a menina Júlia, aquele brinquinho? — Tudo ia bem, como sempre; e ele riscou o primeiro item. — Você continua lavando o carro todos os sábados, Devinne? — E lá vinha a risada simpática. — É por isso que você mantém a forma, sempre enxuto! E a minha barriga crescendo. A patroa até me comprou uma bicicleta ergométrica, daquelas que parecem painel de Boeing, cheia de luzinha, vê só se eu vou sentar a bunda naquilo pra ficar suando, ahah!

Devinne riu junto, riscando o segundo item. Quem não gosta de um homem assim?

— E a exposição da Laura, Devinne, quando é que sai?

— Ela está terminando a série de marinhas.

— Belíssimas, belíssimas! Coisa mais linda, Devinne! Precisa mexer com isso. Me dá um toque que eu passo adiante, vamos botar até o Governador na vernissagem.

— Eu falo pra Laura. Mas ela tem lá o ritmo dela.

— Mas Devinne, meu querido — o tom mudava agora — já vi teu projeto esse fim de semana. Não pensei ainda em todos os detalhes, que eu estou nessa correria pelo estado, mas deu pra sentir a força. Está bom, Devinne, muito bom *mesmo*.

— Obrigado.

— Mas olha, Devinne: boca de siri, hein? Vamos segurar ele até julho. O que você acha?

— Ótimo. Eu também acho que julho é o mês ideal.

— Devinne, estou acertando os ponteiros dos convênios. Vai dar certo. Vai *ter* que dar certo.

— Eu estou apostando.

— Devinne, o seguinte: amanhã viajo pra Brasília, volto sábado. Quero resolver aquele negócio de Joinville, lembra? Domingo a gente tem uma conversa a dois. Vou me esconder lá na Lagoa. Tudo bem?

— Tudo bem. A Laura vai adorar. Preparo um churrasco e...

— Maravilha, Devinne! Beleza! Boa pedida. E anota aí, meu querido: vou precisar de você. Tenho planos. Planos pra nós dois, veja bem. E olha: teu trabalho está excelente. Excelente mesmo! Estou contando com você, Devinne.

— Tudo bem, Secretário — e riscou o terceiro item.

— Que Secretário o quê, Devinne! Me chama pelo nome, que cara mais formal! Escuta, então reserva o domingo pra gente. O sábado eu deixo pra você lavar o carro, ahah! Só você mesmo! Beijos na Laura! E parabéns pelo projeto!

O doutor André Devinne conferiu os acertos da previsão, rasgou o papel em pedacinhos e afundou-se gostosamente na poltrona e no silêncio. *Um homem que desperta confiança. Esse é o meu único patrimônio, construído dedo a dedo.* Apertou o botão do telefone.

— Aline, minha querida: manda um chazinho pra mim? Mas avisa que é sem açúcar.

Para quem largou o cigarro — e lutava contra o desejo, como ele, neste exato instante — café e açúcar eram venenos. Abriu o primeiro processo e começou a despachar.

Voltei ao mundo real por um zumbido no escuro; um zumbido que era também uma coceira mental a ser resolvida, e eu resistindo a abrir os olhos. Um sono mais pesado do que a minha vontade. Afinal me vi e me senti torto na poltrona, um animal desconfortável. Como todas as vezes, acordar é um susto. As janelinhas lançavam uma claridade insuficiente, mas boa para voltar de uma noite tão longa. Procurei o zumbido: lá estava ele, uma pequena abertura no teto, renovando o ar. Desejo de tomar um banho, mas isto poderia ser feito em casa — e procurei nem pensar na hipótese de que talvez isso não fosse mais possível. Ridículo. O doutor Cid era apenas um louco inofensivo, um ator à procura de platéia. Talvez hoje fosse outro o convidado de seu teatro. Fui até a porta (não tinha esquecido nada? Não; eu sempre me transporto inteiro.) e descobri, com a mesma sensação de uma vida inteira, que estava trancada. Um corpo doído não pensa direito. O que tinha acontecido? Ao me voltar, descobri a bandeja no balcão, com a garrafa térmica, xícara, pão, geléia, manteiga, leite. Um vaso de flores. E um bilhete datilografado.

André Devinne, meu querido. Ontem você desmaiou tão súbito que não quis acordá-lo, e já era muito tarde mesmo. Tenho de viajar para São Paulo e Brasília. Volto provavelmente

*em três dias, quando prosseguimos nosso ótimo papo. Você está
me fazendo bem. A verdade é que eu andava meio em crise,
como você deve ter percebido em alguns momentos. Quero que
você fique à vontade, com o máximo conforto possível. No lado
da cama tem um interfone com comunicação direta com a Vera.
Qualquer coisa peça a ela. Use o som, a tevê e o vídeo quanto
quiser. Para escrever, se você sentir vontade, use o computador.
Cid
PS: Mantenha a calma, Devinne. Não gaste energia à toa.*

Manter a calma? Aquele buldogue filho-duma-puta queria
que eu mantivesse a calma? Apertei a cabeça com as mãos,
tentando me lembrar da noite inteira, os momentos chaves:
*traficante; roubo de carros; quero contratar você para escrever
um livro; uma pequena merda; você quer mesmo voltar para
lá? Então está decidido: você não quer voltar para lá.* Lembrei
de toda a rede de informações que havia me trazido para aquele poço; de Laura ao meu emprego, dos meus livros ao anúncio fraudado, de toda a minha alma devassada ao modo dele.

Voltei para a poltrona, agora sim, montando os pedaços
sem me iludir: *eu nunca mais vou sair daqui.*

Se naquele momento eu pudesse *pensar,* acabaria por con-
cluir que a escravidão não é tão má assim — se eu *pensasse,*
diria que naquela altura da minha vida qualquer coisa seria
melhor que continuá-la. Naquele tugúrio asséptico eu estava
pelo menos diante de alguma coisa *inelutável.* Se eu pensasse
com finura suficiente, eu diria que *aceitava a prisão porque
não havia rigorosamente nenhuma outra escolha: vejam, com-
provem, eu não podia sair dali! No meu lugar, vocês também
abaixariam a cabeça.*

Mas os arcaísmos do meu corpo me arremessaram para a
porta como uma criança estragada, dando murros inúteis e

gritando histérica porque não ganhou o pacote de figurinhas. E que porra de interfone é esse? Abri a outra porta da sala e descobri meu quarto, branco como o quarto de um hospital, com outra portinha que dava para um banheiro. Roupa de cama dobrada no colchão. Um ridículo pijama. Na parede, uma marinha azul e verde, fria e pacífica. Tudo muito *limpo* — por que eu lutaria para voltar ao lixo do meu apartamento? Até o ar aqui é novo: no teto, a mesma abertura com o mesmo zumbido. Na cabeceira da cama, arranco o interfone da parede. A Voz:

— Bom dia, seu Devinne. Estava bom o café?

— Você quer abrir aquela merda de porta?

A Voz fez uma pausa. Não perdeu a calma.

— Seu Devinne, infelizmente eu não estou autorizada. De qualquer modo, o senhor não conseguiria sair, a segurança da casa é bastante rígida.

— Você pode me explicar quem é esse filho-da-puta desse doutor Cid? Que história é essa?

Outra pausa. Tranqüila.

— Seu Devinne, por favor. Não grite comigo. Eu sou só uma funcionária.

Esganicei:

— Os porteiros de Auschwitz também eram só funcionários, caralho!

Senti um toque de nervos.

— Desculpe, seu Devinne. Eu não entendo o que o senhor diz. Faço só o meu trabalho.

Pressenti uma vereda. Baixei a voz:

— Vera, me ajude.

Ela se animou:

— É exatamente para isso que eu estou aqui, seu Devinne. Para ajudá-lo em tudo que for preciso e estiver ao meu alcance. Tirar o senhor daí não está ao meu alcance. Mas o doutor Cid volta logo. O senhor conversa com ele. Ele é um homem bastante acessível e gosta muito do senhor.

Se eu *pensasse* alguns poucos segundos descobriria rapidamente que aquela Voz era minha única chance de salvação; era preciso conquistá-la. Mas não: o xucro prosseguia dando cabeçadas:

— Foda-se aquele tarado! Eu quero que você pegue a porra da chave e...

Desligou. Sentei na cama. Macia. Deitei um pouco e, no limite, relaxei as cordas do corpo. Mas não me entreguei àquele sono traiçoeiro, embalado pelo zumbido. Desejo de fumar. E beber. Isso: beber, beber, beber. Esvaziar as garrafas. Fui à sala, mas não encontrei mais nada além de água mineral. Abri o frigobar: completamente vazio. Hoje, eu diria: o ratinho branco correu ao interfone. Ia soltar alguns caralhos e porras, mas mordi a língua.

— Vera, preciso de você.

Silêncio.

— A geladeira está vazia. Quero uísque. — Menti: — Sempre comecei o dia com uma talagada de uísque.

Pigarro.

— Seu Devinne, infelizmente foram ordens do doutor Cid: nenhuma bebida alcoólica. Pelo que ele me disse, o contrato é para escrever, não para beber...

— O quê!? *Contrato*?! Que história é essa?

— Eu... eu não sei, seu Devinne. Isso é entre ele e o senhor. O senhor precisa de mais alguma coisa?

Mais um frio na espinha. O doutor Cid, cansado de mandar matar índio, posseiro, criança da baixada, juízes renitentes, fiscais honestos, resolve abrir uma instituição de recuperação de drogados — para abater a despesa do imposto de renda, é claro. Ele tem razão em ficar preocupado: animais assim não pertencem à espécie humana. Recomecei, tentando manter um último fiapo de delicadeza:

— Vera, por favor, me mande um...

— Refrigerante?

Mas não consegui.

— Não, porra, meta no cu o refrigerante, me mande um pacote de cocaína — e ela desligou, mas eu continuei falando — um tubo de heroína, um quilo de maconha, me mande... Quase esmaguei o interfone de volta ao gancho. Ia mal aquele ratinho. A brutalidade da impotência, a garganta seca, seca, a alma esticada — e dei um murro na parede. Agora a dor e o sangue. Fui esvaziando palavrões até o banheiro e deixei a água correr no ferimento. Enquanto isso, me olhava no espelho: cabelo ressecado, olhos injetados, pele sem conforto. Abri o armarinho: fio dental, bandeide, escova de dentes, pasta, pente, aparelho de barba descartável (que pesquisei: era possível me matar com ele?), tudo preparado para um hóspede de prestígio. Bom, para quem tem mesmo vontade, um fio dental na garganta é suficiente. Comecei a rir. Esse gostinho eu não ia dar àquele filho-da-puta. A pequena merda quer viver, que seja chafurdando no lixo, mas quer viver. Enxuguei as mãos na toalha felpuda, que se manchou do meu sangue. Dedos trêmulos, consegui cobrir o ferimento com dois bandeides. Foi uma pequena trégua comigo mesmo: concluí que só um idiota dá murros numa parede real.

O desespero era a cabeça *funcionando* — eu até ouvia o rangido das engrenagens tortas, nunca levando nada até o fim: *convencer a Voz de que tudo que eu queria era que ela descobrisse Laura e avisasse que eu estou... pedir um refrigerante e esperar atrás da porta com o pé da mesa na mão... colocar fogo na prisão e esperar que... fingir de morto e... quebrar o vidro*

*das janelinhas e arremessar um pedido de socorro ao vento...
beber água.* Esvaziei gostosamente uma garrafa de água mineral. Em seguida, esvaziei outra. Olhei torto para a bandeja com o café. Aceitá-lo seria uma derrota. *Confessar* a derrota. *Acomodar-se* à derrota. Liguei a televisão. Antes mesmo da imagem aparecer ouvi a criançada da Xuxa berrando — desliguei imediatamente, com um meio murro no botão que acertou o ferimento. Gemi. Falta de ar. Revirei os cedês, um a um, jogando-os no chão como cartas de baralho, um desejo irracional de vandalismo, de chutar, quebrar, esmagar, foder com tudo, mas ainda havia uma pequena cerca resistindo. Afinal, arremessei um dos cedês — Ray Coniff — contra a parede. Quebrou só o plástico, mas o arco-íris metálico do disco brilhava para mim. Ia testar uma segunda vez, mas era Billie Holiday. Lembrei de Laura, coração lanhado, puta buraco agoniante da minha vida, raspando a garganta. Liguei o aparelho, preparado para chorar, mas o som era demasiado agudo, limpo demais, rebatia na alma sem entrar. Mesmo assim, deixei tocando.

Olhei de novo para a bandeja do café. Me deu fome. Me deu desejo sexual também, em estado bruto — desejo de abraçar uma mulher, de entrar nela, de me esquecer, desejo de pele e umidade, de ficar quieto entrelaçado. Mordi o primeiro pãozinho, e a fome se multiplicou. Café preto, quente, gostoso. Queijo, presunto. Não sobrou nada na bandeja. Enquanto comia, pensava em Vera. Engraçado: não conseguia mais me lembrar do rosto dela. O joelho sim, num brilho fugaz na Brasilia que não existe mais. *Vera, vamos fazer as pazes. Desça aqui para conversar comigo. Não, não, não: eu juro que não estou tramando nada. Era fome aquela violência. Desculpe, por favor me desculpe. Fui estúpido com você. Desça. Eu quero só conversar com você e amar você. É ruim dormir sozinho. De-*

pois que a Laura se foi, eu... Fique aqui comigo. O doutor Cid não vai se importar.

Eu estava imundo. Fui ao quarto e arrumei a cama caprichosamente. Me lembrei de um *Manual de guerrilha urbana* dos anos 70, com conselho aos prisioneiros: *tentar se ocupar minuciosamente a maior parte do tempo.* Bem, todos seguem o Manual, mesmo os prisioneiros soltos. Tirei a roupa e fiquei nu. Comecei a fazer ginástica, mas todas as juntas estralavam. Fantasiei que a prisão era um bom argumento para colocar meu organismo em dia. Abri o chuveiro: água quente, gostosíssima. Doía um pouco o ferimento da mão, mas não me importei. Regulei no limite da queimadura — banho bem quente relaxa. Xampu e condicionador. Não economizei os produtos do doutor Cid.

Depois, enxuto, larguei meu corpo na cama e dormi.

Cinco horas da tarde. O doutor André Devinne olhava o teto, tentando não pensar no cigarro. Uma boa segunda-feira: todos os problemas encaminhados, audiências no horário. Livrou-se de tudo que tinha de se livrar, principalmente de Vera. É claro: sempre fica um resíduo, *mais um pedaço incompleto para trás.* Sensação desagradável, quase um fracasso: ele não era aquela pessoa fria que falou com ela ao telefone. Ele era muito mais que isso. Mas ela saberia disso? Ela compreenderia? Viver deixando arestas pelo caminho, uma coisa ruim. A vida deve ser redonda, a mesma esfera intensa vista de qualquer ângulo. Uma vez Laura lhe disse: *para você, a realização ou é perfeita, ou é um fracasso. É um espanto que você não tenha úlcera...* O segredo era o leite todas as manhãs — e ele sorriu, olhos no teto. Não. O segredo era Laura. Engraçada a arte com que ele disfarçava diariamente o peso da paixão. Às vezes disfarçava tão bem que parecia indiferença — e o toque quase aflito de Laura, puxando-o para si nos pequenos vales de silêncio, era a tensão da conquista. André Devinne comoveu-se — e sentiu desejo. Uma vida inteira: *Já recuperei quase todo o terreno perdido na infância. Mais um pouco, só mais um pouco, e estarei idêntico a mim mesmo.* Algumas pessoas têm a felicidade de viver para fora, *nas coisas* — viver é manusear os espaços e o tempo e as sensações, como presentes que nos chegam. Ele não; viver não é estender o gesto para nada, mas lapidá-lo de tal modo que pareça pertencer ao mundo.

Um último problema a resolver naquela tarde, que já ia esquecendo. Releu o bilhete, anexo ao xerox de uma carteira de identidade: *Devinne: o Mauro Sérgio Silva é sobrinho de um companheiro nosso e precisa de uma colocação, nível I. Dá uma olhada pra mim?* Devinne ergueu o fone.

— Aline, minha querida, você põe a Odete na linha? Não, a outra Odete, dos Recursos Humanos.

Menos de dois minutos, e ele já não tinha mais nada a fazer. Voltar para casa e abrir uma cerveja — *antes que Odair chegasse*. Fantasiou que talvez um ônibus desgovernado tivesse passado por cima dele. Ou uma travessia imprudente na curva do aterro, o fascínio por alguma vela no mar — e Odair arremessado vinte metros adiante, morte instantânea e feliz, para sempre a faixa azul do mar nos olhos abertos. Rezou: *Não fuja, André Devinne.* Mas era irresistível pensar: imaginou que o toco de lenha nas suas mãos, há mais de vinte anos, realmente tinha descido implacável na cabeça distraída do amigo, antes de ouvir o disparo do guarda, no primeiro grande desastre de sua vida. Todas as rodas girariam então em outro sentido. Mas uma seqüência de descontroles na burrice da juventude, e lá foi André Devinne carregar de novo a pedra morro acima. *Não desta vez.*

O telefone.

— Doutor Devinne. — Pelo tom, ele soube imediatamente o que era. — Tem um moço aqui querendo falar com o senhor. Eu disse que era preciso marcar audiência, mas ele está insistindo.

Laura tem razão: *é o karma.*

— Quem é?

— Demétrius. Ele diz que é seu conhecido. E não arreda o pé daqui.

Devinne lembrou-se a tempo de quebrar o frio da espinha com uma risada solta.

— Ah, esse pilantra! Já estou saindo, Aline!

Na porta encontrou a secretária aflita:

— Eu expliquei pra ele, doutor, mas...

— Tudo bem, Aline. — Brincou: — Esse aí é um furão mesmo! — Viu Odair escarrapachado na poltrona, o sorriso bruto na face renovada: cabelos cortados, barba feita, roupa nova, um escandaloso par de tênis. De fato, um *moço* — e espantou-se com a metamorfose e a súbita juventude de um homem mais velho do que ele. *Um moço feliz*, e a julgar pelo mau gosto da camisa nova e pelas cores radioativas do tênis, mal disfarçando as muitas cicatrizes (um pedreiro; um eletricista; um encanador), um moço de subúrbio feliz em conquistar a cidade dos ricos, pelo menos por uma tarde de sol. E feliz também por ver seu velho amigo estender a mão num gesto tão efusivo:

— E daí seu malandro!? Está gostando da nossa terra? — e descobrindo as sacolas no chão: — Já vi que saiu por aí que nem um gringo argentino de Canasvieiras!

Com sorte, Odair não diria nenhum palavrão na resposta; era preciso arrastá-lo o quanto antes dali.

— Cara, como é difícil chegar no homem, hein? A mulher aí quase me manda prender! Ahah!

Aline torcia as mãos, agoniada:

— É que eu...

O humor cordial de sempre:

— Fez muito bem, Aline! — e o tapa nas costas do amigo, talvez com excesso de força. — Malandro como esse Demétrius aí precisa ser tratado com rédea curta! Minha secretária é fera! Não é qualquer um que chega e vai entrando... — e a risada ia desmontando tudo, sem dar tempo aos imprevistos.

— Aline, estou indo. Vou levar esse gajo aqui pra conhecer uns pedaços da ilha. É um velho amigo meu de infância...

Mais tranqüila, agora:

— Ah, muito prazer... desculpe se...

Mas o doutor Devinne já foi juntando as sacolas e empurrando o amigo para o corredor, sob a simpatia de Aline: nunca tinha visto o chefe tão alegre e expansivo. Um último recado:

— Se a Laura ligar, diga que eu passo no supermercado. Até as oito estou em casa!

Seguro no carro, refreou o curto prazer que sentiu com a admiração do amigo:

— Porra, Juliano. Como esse tal de doutor André Devinne é famoso! Doutor em quê, hein?

— Sou advogado, Odair. E depois de tantos anos a gente acaba ficando conhecido.

— Advogado!? — E Odair soltou a gargalhada maior do dia, que Devinne acabou acompanhando, de mau jeito. Irritado por aquela estupidez ingênua, mudou de assunto:

— Como foi que você descobriu a Secretaria? — Uma pontinha de mágoa, afinal inútil, que Odair nem percebeu: — Eu tinha falado pra você voltar direto à Lagoa.

— Cara, quando o caixa do banco foi botando aquelas notas na minha mão, nem acreditei. Até olhei pra porta pra ver se os guardas não estavam fechando a saída, ahah! — Um tapa gentil no joelho do amigo: — Caralho, Juliano, e eu certo que você ia acabar me sacaneando. Acho que é a cadeia que deixa a gente com a cabeça suja. Só pensa merda. Ah — e ele meteu a mão no bolso da calça nova —, sobrou troco ainda, porra!

— Isso é teu, Odair.

Ele tirou a mão vazia do bolso, feliz.

— E você acha que eu ia te devolver, cara? — A risada bruta, outro tapa no joelho, com força. Os gladiadores são assim. — Então você quer saber como foi que te descobri? A coisa mais fácil do mundo. — André ficou súbito atento, mas não era o que interessava: — Já no banco mesmo (a gente vai ficando confiado, cara, é um perigo!) perguntei onde você trabalhava. Depois das compras, do almoço, do passeio, fui perguntando e cheguei. Queria te fazer surpresa. Mas aquela tua secretária é fodida, hein?

— Quantos palavrões você soltou?

Outra risada.

— Nem me lembro. Que se foda. Mas tive de escorar senão ela me botava no olho da rua. Está certo que sou meio bugre, mas porra, agora sou um cara bonito! Que tal?

— Você está renovado, Odair. Agora sim, já dá pra apresentar aos amigos.

— Antes não dava, é?

— Brincadeira minha, Odair. Você leva tudo a sério.

Mas Odair pensava, inseguro.

— O que você achou dessa camisa? Comprei mais duas parecidas. Achei um tesão.

— É bonita.

— Você achou mesmo?

— Claro que achei, Odair. E o corte do cabelo ficou bom também. A Aline até te chamou de moço! Fiquei com inveja.

— É mesmo? Me diga: você come aquela secretária, Juliano? Acho que no meio da tarde você tranca aquela porta e põe ela pra chupar teu pau. Não? Você é foda, Juliano. Você é um cara que acertou a vida mesmo. Caralho. Tem uns caras que têm sorte. Olha só o carrão do filho-da-puta. Acelera e passa essa merda de Jipe aí da frente! Aonde é que a gente está indo?

Não tem solução? Uma pedra doída no sapato. Era preciso descobrir qual o projeto de Odair, se é que ele tinha alguma coisa organizada na cabeça apodrecida. Não valorizar demais esse pânico nascente — tatear, pisar com cuidado, descobrir. O sofrimento de imaginar: o fantasma perguntando pelo doutor André Devinne em todas as portas da cidade, abrindo caminho a cuspidas e pontapés. Deixando marcas, lama no tapete, despertando curiosidade, semeando hipóteses. O encontro com o Secretário, domingo. O risco de deixá-lo sozinho com Laura. Pior: com Julinha.

Sentiu um nervo elétrico puxando o braço, uma tensão que não aparecia mais há anos. Falta de ar.

— Aqui no supermercado da Trindade. — Estacionou o carro, ensaiando como dizer sem ferir. Casual: — Espere aqui, Odair, é rápido.

Mas o amigo já estava fora do carro:

— Tenho o maior tesão por supermercado.

Devinne correu para o balcão frigorífico, com Odair mancando atrás. Dois conhecidos no caminho, mas dos que bastava um aceno de cabeça. Tanto melhor. Ignorou Odair, pedindo as peças de carne, a voz discreta.

— Cara, leva esse presunto aqui! Olha só o tamanho! Porra!

Cinco olhares sorridentes em volta. De repente Odair desapareceu. Compra feita, Devinne passou pela fila do caixa e encontrou-o na saída com um pacote na mão.

— Olha, Juliano: comprei de presente pra tua filha. — Era um trem a pilha, caro. — O que você acha?

O que dizer?

— Obrigado, Odair. Mas não precisava. Guarde o dinheiro pra você.

Ele não tirava os olhos do brinquedo.

— Sempre quis ter uma merda dessas. Será que a pilha vem junto?

Um instante de relaxamento. Surpreendeu-se com o olhar guloso de Odair para a própria aquisição. Tentou uma nova avaliação: *Ele não é mau. É idiota.*

— Lá em casa tem pilha. Fique tranqüilo.

Finalmente depositou o brinquedo no banco de trás, com inesperada delicadeza. Feliz:

— E agora? Aonde é que a gente vai?

— Beber uma cerveja no Pântano do Sul. Que tal?

Odair abriu o vidro e apoiou o cotovelo na janela num gesto estudado. *Uma criança.*

— Pode tocar pau.

A distância daria tempo para articular sua estratégia. Um lugar pouco movimentado, ideal para prestar atenção em todas as nuances. Talvez estivesse ficando louco; talvez não. Nenhuma chance ao acaso. Aquela figura grotesca tinha uma só carta na mão — mas, se ele soubesse disso, com ela poderia destruí-lo de um dia para o outro. Enquanto conversava, evitando qualquer referência ao passado (porque queria ver o rosto do inimigo quando ele falasse a respeito), Devinne sentiu-se perigosamente tragado para um estado de depressão. O malabarista, no meio do número, vive uma crise de alheamento e vai deixando cair os bastões ao acaso, porque não tem sentido um vida inteira de equilíbrio em público. Passar a limpo: o doutor André Devinne é um assassino condenado, restaurou-se por crime de estelionato, ergueu seu nome sobre uma pilha de trunfos falsos, entre eles um diploma comprado, e tem atrás de si um rastro de vergonhas. Seria devolvido ao seu lugar, no fogo interminável dos processos, de um lado, e na execração social, de outro. Levaria muita gente com ele, não aos processos, mas à vergonha. Pode-se morrer de vergonha. Pode-se matar também. *E Laura?* Essa resposta ele não tinha. *E nem poderia ter jamais. O que sustenta a tensão, a boa tensão do amor, é um espaço secreto que não pode ser tocado. Um homem inteiramente nu está perdido. Testar uma mulher é uma derrota sem retorno. Eu não quero jamais saber o que ela diria, porque isso inclui a possibilidade de perdê-la.*

Acordei na escuridão. De má-vontade. Inútil fechar os olhos: em poucos segundos a terra dos homens já me contaminava inteiro, todas as milhares de ligações elétricas da memória acionadas ao mesmo tempo. Vozes dando ordens do fundo de um túnel; gritos; rachaduras nas paredes, o teto desabando, passos de gente correndo, tropeçando numa multidão de ratos assustados. Janelas, janelas luminosas, verdes, brilhantes, colinas limpíssimas de se perder de vista, e o braço esmagado por um bloco de concreto. A minha própria carne, dormente, os olhos que não viam nada e se lembravam de tudo, principalmente de Laura, pernas cruzadas sobre uma banqueta, tomando nota. *Plante bananeira, André* — e o sorriso. Estou esmagando um aparelho de som com uma marreta. Por quê? *Caindo* — era sempre assim, a mesma vertigem no final de tudo, tão conhecida, tão familiar, que acordado de olhos fechados eu implorava para chegar logo ao chão, depressa, mais depressa, porque a pancada na terra é a minha redenção. Depressa, Devinne, caia! O ar já está faltando, chegue logo ao fim! O doutor Cid se aproxima com a seringa, ele olha profissionalmente para a ponta da agulha esterilizada que deixa escapar uma gota. Caia!

A escuridão a culpada — sem a proteção palpável do espaço, sem o conforto das coisas que limitam o gesto, na anar-

137

quia e na cegueira do escuro os objetos todos se vingam do peso e do tamanho que têm, das fronteiras da massa, da imobilidade eterna — e avançam ferozes para nos expulsar do pouco terreno deles, inchados, duplos, tonitruantes — fósforos, gentes, gavetas, relógios, uivos, quedas, sapatos, espetos. Um homem inteiramente nu alisou a parede até acender a luz, já na beira da morte. *Medo do escuro. Inteiro suado, a garganta estreita — a velha asma voltando, bruta, exigente. A mãe chegava à beira da cama, sempre no instante exato, a mão quente tocando-lhe a testa, depois beijava-lhe o rosto e fazia carinho. Uma colher das de sopa. Ele gostava de ouvir: "das de sopa"; "das de sobremesa". O pequeno abajur sempre aceso, a meia-luz tranqüilizante. No momento seguinte, a silhueta do pai surgindo na porta. "Tudo bem com ele?" E a mãe fazia huhum, sorrindo para a criança agora tranqüila.*

Respirando melhor, fui até o espelho do banheiro.

— Tudo bem comigo?

Sem pai nem mãe. Consegui achar graça: e sem remédio. E dolorosamente sem Laura. Ela disse, uma vez (e se arrependeu no mesmo instante): *Um garoto mimado que não deu certo. Não, meu amor. Não foi isso que eu quis dizer.* Sim, eu não acabei ainda. Nu, mas vivo. Estive muito próximo da marginalidade simplesmente idiota, a dos ricos lúmpen. Depois, *o mundo da arte* — e me irritei, lembrando a grandiloqüência irônica do doutor Cid — o mundo da arte me devolveu à terra dos homens por um atalho de prestígio. Os pobres cortam o caminho para entrar no clube dos homens jogando futebol; os remediados, pela vereda fascinante da arte; os ricos, esses fazem praça da estupidez bem-sucedida sentando o rabo na poltrona executiva. *A superioridade moral da pobreza é principalmente um rancor, do lado dos pobres, e uma cartilha edificante, do lado dos ricos.* Dormi tanto que já sentia na face os espetinhos da barba. Resolvi fazê-la novamente. A pureza é antes de tudo *física.*

— O doutor Cid que deixe de sentir essas recaídas franciscanas e volte a ganhar dinheiro sossegado. Quem está interessado em espécie humana é antropólogo mal pago. Meus cabelos eram a carcaça de um porco-espinho. Joguei água neles e passei caprichosamente a escova. Ensaiei:

— Doutor Cid, o senhor está certíssimo em tudo que disse. Não esquente a cabeça, continue girando seus negócios, sempre tomando cuidado com a segurança que o mundo está cheio de olho gordo pronto a nos meter no buraco. Viaje bastante, arranje uma namorada. Finja que ela está ao seu lado por amor; não faz diferença nenhuma. Eu sei, porque já tive uma mulher que me amava de verdade. Essas são as piores. Freqüente bons hotéis, casas de campo, os Alpes. Vá à India e descubra com os próprios olhos que o homem feliz não tem camisa. O senhor ficará feliz em saber.

A idéia de conversar *sinceramente* com o doutor Cid me fascinou. Apesar da brutalidade aparente, ele é um homem sensível. Saberá me ouvir; saberá do que estou falando; *ele gosta de mim, é claro.* Fui adiante, para o espelho:

— Eu lhe dou minha bênção, doutor Cid. O senhor pode me deixar sair daqui, sem problemas. Eu juro pela alma da minha mãe que não vou dizer uma palavra a ninguém. Na verdade, *não tenho nenhum interesse em abrir a boca a respeito desse seqüestro.* Que, aliás, foi um grande acontecimento na minha vida, e eu não quero jogá-lo fora entregando-o à sanha da polícia. Mesmo porque o delegado já deve estar na sua folha de pagamento, e o mais provável é que me internem como louco. *O quê? O senhor quer nos convencer de que o empresá-*

rio doutor Cid, um homem que está em Brasília tendo audiência reservada com quatro ministros de Estado, que ele seqüestrou o senhor para se lamentar da vida? Como? Ele quer pertencer à espécie humana? E aqueles gorilas todos morrendo de rir na delegacia.

Eu também — comecei a rir para o espelho.

— O senhor abre aquela porta, doutor Cid, e me deixa ir embora. Eu volto para a minha vidinha de merda, e o senhor volta para o seu vidão de ouro. Quem sabe até fiquemos amigos? Uma vez por mês eu venho aqui no porão trocar impressões existenciais. É preciso haver diálogo entre as classes, um diálogo espontâneo, franco, aberto. A violência não leva a nada.

Ciclotímico. Maníaco-depressivo: euforia esfuziante, buracos medonhos. Esquizofrenia: o fantasma de mim mesmo forçando espaço na vida a cotoveladas, cada vez mais poderosas. Com um fantasma desses, não sobra espaço para mim. *Manual da guerrilha urbana: distraia-se.* Troquei os bandeides do ferimento na mão, que doía, e resolvi me vestir. A mesma cueca, calça, camisa, meia — tudo sujo. Telefonar à portaria do hotel e pedir roupa nova. Afinal, sou um Devinne. A verdadeira nobreza se manifesta mais clara e limpidamente nos momentos de infortúnio. Um infortúnio hereditário: um bisavô escroque que legou uma fortuna perfeitamente legalizada a um avô incompetente, que legou uma meia fortuna claudicante a um pai poeta e comunista que não legou nada a um filho único, que só muito tempo depois descobriu que a paisagem da janela era de isopor e papelão pintado. Descobriu mas não se convenceu plenamente. Dessas falhas da produção nasce o artista, o cidadão sem lugar no mundo que passa a vida dizendo aos outros que o lugar deles não é legítimo.

Parar para pensar concretamente: esse o meu projeto imediato assim que me vesti. Acendi a luz da sala — aquela luz branquíssima, homogênea, de hospital — e descobri, ao lado do vaso de flores, a bandeja com a tampa de aço inoxidável, redonda, atraente, brilhante, asséptica. O ratinho levantou a tampa e descobriu uma bela refeição: coxa e sobrecoxa de frango, arroz, salada, batatas fritas — e tudo quentinho! Senti fome imediatamente, mas antes de comer vivi a compulsão de saber as horas. *O método da desordem*, como dizia Laura, carinhosamente, quando eu atravessava a noite tentando escrever a primeira página de um novo livro. Corri ao interfone:

— Seu Devinne, tudo bem? — A Voz estava muito gentil, até plastificada, talvez temendo uma recaída de violência do ratinho. — Descansou bastante?

— Que horas são?

— Agora são... — e eu podia vê-la consultando o reloginho de ouro no pulso delicado — ...nove e meia da noite. Puxa, o senhor dormiu bastante! Na mesinha da sala está...

Desliguei. Muita fome. Enquanto mastigava, matutava: como seria o espaço em que a secretária Vera aguardava minhas ligações? Dia e noite à disposição. Talvez na cabeceira da cama. Ou num escritório, mesa com tampo de vidro e calendário da, digamos, Cid Representações Ltda. E se eu ligasse de madrugada? Ela não dorme? Serão duas, de vozes semelhantes? Quem sabe irmãs? Uma vai mijar, a outra fica de plantão. Com certeza tomavam nota de tudo, para prestar contas ao patrão. *Às tantas horas, o ratinho pediu bebida alcoólica. Sono profundo: de tanto a tanto. Ao anoitecer: palavrões, grosserias, fúria. Banho tomado às...* Olhando em volta, garfo à mão, percebi que a sala estava toda arrumada, cedês empilhadinhos. No balcão do frigobar, mais água mineral. Largando os talheres, me espantei: *eu estou calmo*. Alguma substância estupefaciente na água? Investiguei as garrafas, bem fechadas. Abri uma delas e bebi a água gole a gole, procurando gosto. *Tranqüilo. Silêncio*. No balcão, um pacote de cigarros, isqueiro. Abri uma carteira, acendi um cigarro, senti o velho gosto se entranhando — e a sutil ansiedade química da primeira tragada do dia, como se fosse manhã. Não era: era noite, eu estava bem alimentado, tinha dormido um sono imenso, e via diante da mim uma eternidade vazia, sem a mínima fresta. O terror da *espera*. O terror: começava assim, uma pequena agonia, um breve desconforto passageiro da alma, pequenas quedas milimétricas do organismo, panes voláteis na química do cérebro, interrupções inexplicáveis do olhar. *Agonia* — no zumbido, os vácuos chegavam e iam ficando, uns sobre os outros, trocando cotoveladas. O momento presente ficava demasiado grande, recusava-se a ir adiante, o ponteiro imóvel inchava o relógio, *ar, mais ar...* Corri para o interfone.

— Vera, por favor... Eu... — *me arranque daqui... (mas não disse)*.

— Seu Devinne, o senhor está bem?!

— Sim. — No silêncio, prestei atenção em mim mesmo: o ar estava voltando. — Eu só queria conversar. Você fica o tempo todo ao lado do interfone?

Eu senti que ela sorriu.

— Sim, seu Devinne. São ordens do doutor Cid. O senhor está precisando de alguma coisa?

Era uma secretária falando, não uma pessoa. Pensei em pedir um remédio para asma, mas um medo súbito me calou. *Eles estão me destruindo. Atenção. Atenção e cuidado.*

— Não. Eu... eu só queria ouvir sua voz.

— O senhor parece bem tranqüilo hoje.

— É... ontem... ou hoje, não sei... eu... eu perdi a cabeça. Desculpe.

Um homem sórdido: eu estava sinceramente pedindo desculpas. Ela não disse nada, quem sabe saboreando minha covardia. Afinal:

— Seu Devinne, por que o senhor não vê um pouco de televisão? Ou um filme de vídeo. Distrai.

— É. É uma boa idéia. Obrigado.

Derrotar a eternidade, um bom projeto. Inviável, mas sólido, consistente, demorado. Outro medo inexplicável: levantar o interfone e não encontrar voz nenhuma na outra ponta. Vera, minha Verinha.

Liguei a televisão, pulando de um canal para outro: só lixo. Coloquei *A casa da Rússia* e tentei acompanhar a história, complicada demais para um ratinho assustado. E um novo fantasma assombrando: o computador imóvel no canto da sala.

No fim da estrada — e da tarde — chegaram a uma praia de areia escura, cheia de pequenos barcos de pesca. Pouco movimento no bar rústico, nenhum conhecido de André, além do garçom.

— Tudo bem? Uma cerveja, por favor. E peixe frito no palito, de aperitivo.

Odair demorava a se acomodar no banquinho de madeira. Reclamou da mesa, que parecia torta. Passou ostensivamente o dedo na toalha.

— Esse plástico é uma gordura só!

Buscando calma, André percorria os olhos pelo mar, de uma ponta a outra da enseada. Lembrou-se da Praia da Solidão, logo adiante, onde freqüentemente ia com Laura e a filha. Uma praia curta, um quiosque de bebidas, um fiapo de rio que formava uma lagoa de brinquedo no meio da areia. Passar o sábado beliscando camarão e bebendo cerveja na sombra enquanto mãe e filha brincavam na água, o carro protegido a vinte metros, o céu azul, o prazer da solidão, tudo isso era a sua metafísica mensal. Durante algumas horas ele conseguia ser quase idêntico a ele mesmo — e, cabeça relaxada, memória adormecida, nada angustiante a fazer além de esperar a segunda-feira, deixava-se tomar pelo sentimento comovido que ele chamava de *paixão*, que, divagando entre as formas brancas, azuis e verdes do espaço, acabavam sempre nos olhos da mulher, na sua face, na sua aura.

— Porra, cara! Não tinha um boteco mais fino pra me levar? Me traz logo pra esse fim de mundo! Eu aqui todo bonito e só tem pé-rapado pra me ver! Afinal eu sou amigo do grande doutor André Devinne — e a velha risada de sempre.

André Devinne também achou graça — a metamorfose aparente de Odair pouco a pouco avançava sobre a alma: a roupa convence o corpo. Odair crescia, *inchava*, minuto a minuto. Colocar de uma vez as coisas nos seus devidos lugares? Não, nenhum gesto bruto. Antes, soltar as rédeas, para sentir a envergadura da ambição.

— Veja a paisagem, Odair. Você não tira os olhos do chão.

Odair olhou em volta, com a eficiência de quem obedece a uma ordem de quartel.

— Tem urubu pra caralho nessa praia. A areia é suja.

Na verdade, dois urubus, empoleirados com dignidade nas proas de dois barcos.

— Eles são o charme do pântano, Odair. E a areia não é suja; é escura.

— Por que não me levou naquela praia famosa dos surfistas, a Joaquina, que sempre sai na televisão? Quero ir lá, porra. Chega de miséria.

Só no Pântano ele teve coragem de trazer Vera, duas únicas vezes. Mesmo assim, mal se tocavam as mãos, recolhidas discretamente sempre que aparecia alguém. A desculpa do passeio — que tacitamente eles davam a eles mesmos — eram as aulas de inglês ao vivo. Frases feitas: como pedir uma cerveja? como escolher um prato do cardápio? como comentar o clima? como dizer banalidades sobre a praia? E quando se olhavam, a pergunta clichê de Vera, que era uma senha: *What are you thinking about?* Ele sempre sorria, pensando no desejo avulso de uma mulher *outra*, depois de oito anos. E uma outra mulher foi um tato diferente, textura distinta, outro *cheiro*; a aspereza da pele, a suavidade da língua, os líquidos estrangeiros do ato do amor, o inopinado da voz e do gemido, as perguntas e os gestos de um planeta novo — meses assim. E, pouco a pouco, tudo terrivelmente banal. Seria ele também vítima da mesma investigação fria? Não; Vera se entregava, sem nenhuma aparência de cálculo, por uma razão absolutamente prosaica: gostava dele, não vivia no meio de um muro de concreto, não tinha nada a esconder de ninguém, exceto o próprio Devinne, e só em respeito a ele; e, o mais doce de tudo, achava que o risco era uma inocência. E ele? Para compensar os limites físicos do prazer, muito breves para a extensão da vida, sua cabeça criava os deuses do afeto e do amor, e acreditava neles, porque André Devinne jamais foi grosseiro. Não entendia um amor que não fosse gentil. Cuidadoso, é certo — nunca passou da segunda cerveja, com medo de perder o rumo tão duramente conquistado a vida inteira — mas gentil, sempre.

— Tem tempo, Odair. E não reclame tanto. A cerveja está boa, o fim de tarde está gostoso e a gente pode conversar. Ó: chegou o peixe.

O garçom deixou o prato, André espremeu o limão e Odair olhou para os petiscos, sem entusiasmo. Espetou um pedaço, fez uma careta intrigada, e deu a primeira mordida. Falou de boca cheia:

— Estou a fim de ver gente.

E, como uma prova do que dizia, olhou duas moças de biquíni que subiam rindo a escada do bar. Uma delas acenou para Devinne, que respondeu, gentil — provavelmente uma funcionária matando serviço, ele pensou. A outra fixou um segundo o olhar em Odair, que, rosto súbito vermelho, baixou a cabeça e cochichou:

— Puta bagulho.

Angustiado, alguém que quer se esconder. André Devinne investigou curioso os olhos baixos de Odair, a face xucra, o olhar inquieto, afinal a mão erguendo o copo para secá-lo em três goles, o mesmíssimo cacoete de superioridade estúpida de vinte anos atrás. Devinne sorriu, vendo as moças se acomodando cinco mesas adiante.

— Nem tanto, Odair. Sinta a delicadeza do pescoço, o ouro do cabelo...

Uma espécie de provocação, com um toque de crueldade. O amigo da infância não erguia os olhos; tentou encher o copo, mas a garrafa estava vazia. Pediu outra, sacudindo o casco para o garçom, sob a investigação intrigada de André. Não se lembrou de um só momento da névoa antiga em que Odair demonstrasse qualquer afeto por uma mulher; nem um sinal de desejo, nem o mínimo gesto de aproximação, sequer o sonho da intenção. No máximo, a brutalidade grotesca e mal acabada do palavrão, da cuspida, do desprezo que sequer chega a tomar corpo, destruído antes de nascer. Um homossexual? Também nenhum traço visível — e Devinne fechou os olhos, tentando abrir as cortinas doídas do hotel de Isabela, atrás de um sinal, mas não havia nenhum. O afeto, em qualquer direção, era um soco. *Talvez ele não pertença à espécie humana.* Um ser de barro, condenado à imperfeição eterna, em cada passo manco sentindo a dor das peças incompletas da cabeça, batendo umas nas outras — dor, agonia, falta de ar. A provação diabólica de não se reconhecer nunca em ninguém; não há semelhantes na face da terra. Também Devinne se afundou na vertigem, sustentado por um único fio, aquele que Laura segurava suavemente da janela do ateliê. De olhos fechados, tentava se livrar do mimetismo instintivo que era a sua terrível fraqueza de sempre, a mesma que o levou à Vera, ao Secretário, à Doroti da infância, à Clara, à morte de Isabela, à própria Laura que o salvou, e agora ao vácuo assustador de Odair.

— E então, Odair?

Súbito acuado, bicho na cerca:

— Então o quê? Pra mim é um bagulho.

Alívio sorridente.

— Calma, velhão... Falava de outra coisa.

Desconfiado:

— Do quê?

Já tranqüilo, Devinne estendeu o braço, como um Rei que oferece a Terra dos Homens:

— Não está gostando daqui?

O *daqui* tinha muitos sentidos. A cabeça de Odair farejou cada um deles, até sorrir.

— Se estou gostando? Porra, Juliano, não estou nem acreditando. É a vingança de Demétrius! — Mais um gole. — Você tem razão, essa cerveja está muito boa. E até é bom ficar um pouco num lugar sossegado. É bom pra pensar. Se bem que nunca fui muito bom em pensar. Você sim, um puta figurão, olha só o homem!

Devinne tateou:

— E teus planos?

— Planos? Sossegar o rabo, Juliano. Você sim, fez as coisas certas. Mas ainda tem tempo. Quero sossegar.

Onde? No meu quintal? Não; era cedo para erguer a cortina. Ergueu o copo:

— Então um brinde, Odair, ao nosso sossego!

Riso solto e feliz:

— É isso aí, Juliano! — O gole em silêncio. — E que tal? Arrumou meu emprego lá? Mas eu quero uma porra que não precise fazer nada! — O riso familiar explodiu: — Bem, eu não sei mesmo fazer nada! Só se a Secretaria precisa de arrombador, ahah!

Devinne acompanhou a risada. Dar tempo ao pânico.

— Olha Odair, até que não era má idéia, ah-ah! Às vezes, pra tocar um projeto é preciso dar pontapé nas portas, não é fácil a burocracia!

— É só me chamar, Juliano. Pois se hoje eu consegui até falar com o doutor André Devinne, sem pistolão nem nada! Que tal?

— É isso aí.

Odair olhou para o mar entardecendo — e a paisagem, perfeitamente adaptada à memória atávica das gravuras de calendário, como que despertava os sonhos bons da alma, imagens faiscantes de ouro e prata.

— Podia ser qualquer coisa, Juliano. Pensando bem, até pra trabalhar de verdade. Me põe lá de porteiro, ascensorista, qualquer merda dessas. — O sonho crescia, entrava na memória: — Porra, o meu pai que ia gostar, se fosse vivo. O que me encheu o saco a vida inteira!...

— Como é que o teu velho morreu?

— O velho morreu de velho. Caiu com a testa no balcão do boteco e ficou ali. Os mesmos bêbados de trinta anos atrás ficaram em volta olhando. Acho que levaram duas horas pra descobrir que o velho estava morto.

— E você?

— Eu estava preso.

— Você não tinha uma irmã?

— Sei lá onde anda aquela puta. Nem sei se está viva. Que se foda.

Num sopro, Devinne se lembrou de suas duas irmãs da infância, vagando em algum lugar da terra. Névoa. Para sempre. Continuou tateando:

— E o bar do teu pai, Odair?

— Que bar, Juliano? Que bar? Aquilo nunca foi dele. Fizeram um puta prédio no lugar. Da última vez que saí da cadeia parecia um retardado procurando um berço. Curitiba mudou tudo. Sobrou pra mim uma ou outra entrega de pó, um ou outro carro puxado, toca-fita de Brasília, só lixo. E depois eu sou um cara queimado até o último toco, que não serve nem pra guardador de carro na praça Osório. Qualquer merda e lá ia eu levar porrada de novo. E os caras dizendo: esse pode matar que não faz falta.

E daí me descobriu — mas teve medo de perguntar. *De onde teria vindo a informação?* O mimetismo ameaçando voltar:

— É foda, Odair.

— *Era*, Juliano. Porque agora estou com você. O negócio é mudar de vida, cara, cobra que não anda não engole sapo! — e a risada bruta de novo. Num gesto que seria carinhoso, não fosse demasiado o crispar de dedos, apertou o braço do amigo: — Fiquei tonto até agora, Juliano, depois que te vi.

Com delicadeza, Devinne livrou o braço e pediu outra cerveja, descobrindo em seguida que a da mesa ainda estava pela metade. Era o ar que faltava. Não para Odair:

— Também agora, com um empreguinho, aquele puta quarto na tua casa, uma graninha... porra... eu mereço...

— Merece mesmo, Odair. Depois do que você... *a gente* passou... — Foi assumindo discretamente o Projeto Devinne, atrás de uma mesa, longe daquele pântano miúdo: — Pois hoje dei um toque ao Secretário sobre você.

— Porra, cara! Mesmo?! Você falou de *mim*?!

Devinne deu um gole e olhou o copo com estranheza.

— Engraçado. Essa cerveja não está como a outra. — O sorriso de Odair aguardava. — Falei. Quer dizer, dei um toque, que é ano de eleição. Esse negócio é devagar, você sabe.

— Sei.

Seria desconfiança? Enfrentou os olhos do amigo, súbito sorridente:

— Mas enquanto a gente resolve você fica lá em casa, claro! O tempo que precisar, Odair! — e o tapinha no ombro.

Os olhos de Odair investigaram Devinne por alguns segundos. *Ele sempre foi lento, mas é preciso cuidado.* Afinal explodiram:

— Mas é claro, cara! Queria que eu ficasse aonde? Embaixo da ponte? — A risada violenta (o garçom e as meninas viraram as cabeças) era o sinal de plena normalidade: — E eu ainda desconfiado que você queria me dar um pontapé na bunda! Porra, Juliano, eu só tenho mesmo merda na cabeça!...

Rindo com ele, Devinne aproximou a cabeça:

— Fale mais baixo, Odair...

E Odair cochichou feliz, plena cumplicidade:

— Também, Juliano, se você me deixa na mão eu fodo você de verde-e-amarelo em meia hora, ahah! Já pensou, que puta sacanagem? — O remorso inocente: — Porra, Juliano, não presta nem pensar. Vale um brinde!

E brindaram.

Durou de duas a três horas a agonia inútil. Vi o filme aos pedaços, ouvi cedês aos pedaços, fumei aos pedaços, fiquei em pedaços. Arrastei a mesa de centro contra a parede, coloquei uma cadeira sobre ela e meti o focinho no vidro da janelinha. Não enxerguei nada. Recoloquei tudo no lugar. *Distraia-se.* Quantos séculos levaria para o sono voltar?

— Vera, minha querida. Você não quer descer aqui um pouquinho para a gente conversar? Estou deprimido.

Eu senti que ela vacilou.

— Infelizmente, seu Devinne, não estou auto...

Desliguei. Passada a raiva, um minuto depois, matutei que a técnica da conquista, se bem trabalhada, poderia dar certo. Há alguma coisa nela que parece pertencer à espécie humana, como quer o doutor Cid.

Afinal investiguei o computador. Um PC antigão, sem marca nem design, com um monitor transplantado. Um pequeno dinossauro. Ao lado, um porta disquetes com 10 unidades. Impressora Action Printer T-1001. Só faltava um grande rótulo sobre as peças: CONTRABANDO. Bem que o doutor Cid poderia comprar algo mais moderno. Comprar? Trazer do imenso depósito clandestino de mercadorias paralelas, barracão número dois, bem ao lado dos containers de cocaína, soterrada em pacotinhos de um quilo sob toneladas de soja paraguaia.

Suspendi a imaginação, em outro surto de medo. Eram vários agora: medo de enfrentar o computador? Não, não era medo — era resistência. Como eu pertenço à espécie humana, não estou disposto a fazer exatamente o que um narcotraficante em crise existencial quer que eu faça. *Quero contratar você para escrever um livro.* Por quê? Ele não explicou. Quer dizer, eu nem deixei ele explicar. Deixar, deixei — mas o doutor Cid é um homem completamente sem rumo.

Liguei aquela bosta.

Chamei o diretório; havia quatro processadores de texto. Escolhi o que eu conhecia melhor e fiquei olhando o retângulo esverdeado. Brincar.

DOUTOR CID – UMA VIDA EM PROL DA HUMANIDADE
Capítulo Primeiro

Ninguém poderia imaginar que aquele velhinho simpático, descendo de um Mercedes branco, em frente ao prédio futurista da sede da Fiesp, na Avenida Paulista, fosse

Acendi um cigarro, olhei em torno, pensei, corri ao interfone.

— Vera, qual o nome da flor daquele vaso que puseram aqui?

Demorou a sintonizar. Enfim:

— Ah, as flores! Prímulas. Você gos...

Desliguei. Parágrafo de citação. Itálico.

As prímulas são flores tímidas e periscópicas. Muito curiosas, espicham o pescoço afilado acima das folhas largas que as protegem, e olham em torno, cabecinhas gêmeas, inclinadinhas, com uma doçura encantadora.

De cor avermelhada, tendendo ao rosa, envergonham-se com facilidade, quando, roxinhas, murcham-se e escondem-se do olhar pontudo da espécie humana.

Antropor Antropomorfização. Walt Disney. Infantilização completa, universal, imbecil, totalizante dos movimentos mentais da vida.

Apaguei o cigarro.

I

Era uma madrugada fria e escura de julho. 1942. O vento inclemente percorria as ruas estreitas de ***, uma cidadezinha perdida nos pampas. Antes que o relógio da Matriz desse as quatro badaladas, um trotar de cavalo aproximou-se da praça, sem pressa. O cavaleiro negro parou em frente a uma janela, de onde vinha um choro abafado de uma criança recémnascida. O cavaleiro ergueu o braço, no gesto de quem vai bater na porta — mas um ruído do outro lado da porta fê-lo voltar-se, desconfiado. Era

Laura, minha Laurinha. Que saudade.

abcdefghijklmnopqrstuvwxyz

Carta número um

Vera, meu amor. *Eu preciso de sua ajuda.* Sei que você está tão assustada quanto eu, e já percebeu há algum tempo a armadilha em que o doutor Cid está colocando você. Mas pense bem: cumplicidade em seqüestro dá cadeia. Não pense que você vai escapar. Ninguém escapa. Pode não ser hoje, nem amanhã, nem no mês que vem. Mas um dia qualquer, você tranqüila à beira da praia, com os filhos em volta, grana no banco (isso é verdade: o doutor Cid sempre pagou bem), e lá vêm os homens. Te algemam, enfiam num camburão e nunca mais você respira o ar da rua. Imagine o sofrimento dos filhos, o desespero do marido, que não sabia de nada — eles nunca sabem. Eu nunca soube da vida da Laura. Sei lá onde ela está. E não pense que você vai encontrar o doutorzão na cela: ele já estará na Suíça, com outra identidade, podre de rico e de felicidade. Nós aqui nos fodendo. Desculpe. Nós aqui nos danando.

Carta número dois

Pense bem, verdadeira Vera: eu sou um homem muito conhecido em Curitiba. Nesse momento os melhores detetives da cidade estão atrás de mim. Os meios de comunicação estão todos atentos. Há um sentimento generalizado de indignação e perplexidade pelo meu desaparecimento, que ultrapassa as fronteiras da Boca Maldita. Vai haver passeatas e cobranças oficiais; vai cair o secretário de segurança. Talvez a Polícia Federal seja chamada. Vera, pense bem: *eles vão chegar até você.* Curitiba não é o Rio de Janeiro. Vão remontar aquela Brasília pedaço a pedaço, tirar impressões digitais, percorrer todos os caminhos só pelas marcas dos pneus. O homem até pode escapar, mas você não. Sempre tem um pivetinho filho-da-puta que viu tudo — os homens vão pendurar ele no pau de arara e dar tanta porrada que a alminha dele vai acabar entregando, um minuto antes de ir para o Céu.

Então fazemos o seguinte: você vem aqui, discretamente, abre a porta, e sai na frente, distraindo os guardas. Não faz mal que você esteja nervosa — você diz que acabou de receber um telex do doutor Cid, indicando mudança súbita de planos. Os guarda-costas devem todos fugir e aguardar ordens. Diga que a Organização está em perigo de morte, que a conexão de Medellín caiu. Você me põe num carro e... e nós dois fugimos pra qualquer lugar, eu e você, que já estou de saco cheio da minha vida e quero começar tudo de novo. Vamos para Florianópolis. Que tal? Levamos os dólares do cofre do doutor Cid. Você sabe o segredo. Acredite, Verinha: *eu gosto muito de você.* Então nós wieuv,xcf0pweuid9sj38snlpdi3w8jdndnsh

FIM

Apaguei tudo e comecei de novo.

Quando meu filho morreu eu estava lendo jornal na sala. Naquele momento de passagem em que os olhos pulam daqui para ali, lêem um trecho do horóscopo, uma manchete, o último parágrafo de uma matéria só porque apareceu um nome parecido com Laura — era Paula —, daí não sei o quê vai custar 14 bilhões de dólares, e um jogador foi sorteado para o exame antidoping e não deu nada. Ouvi o ruído de freios — um ruído anormal, prolongado, naquele milésimo de segundo em que aguardamos a inevitável batida, o *crash*, que não veio — o que veio pela janela do terceiro andar da Mateus Leme foi uma agitação também anormal, gritos agudos. Não era exatamente o de sempre, mas tudo poderia ser incluído no de sempre, sempre que se ouvem pneus cantando na esquina. Fui até a janela e vi aquele povo. Uma mulher erguia os braços, e o sol se refletia inteiro nela, e me lembrei da figura de Caravaggio, que li não sei onde que não pertence ao quadro original. Voltei ao sofá e continuei folheando preguiçosamente o jornal, cuja tinta se encalacrava nas minhas mãos. Então Então, deixe-me pensar. *Exatamente.*

Deve ser por isso que há tantos picaretas no mundo. O fascínio da morte, já que a vida não serve.

Então

Então eu larguei o jornal na mesinha — um gesto perfeitamente natural ainda, não articulado, não intencional. Para ser bem claro: o gesto de todos os dias, sempre que eu virava todas as páginas. *E olhei para a porta da rua* — agora sim, um gesto que não era meu — e vi que estava entreaberta. E então não era mais nada que gritou:

— Julinho!

Era um desejo que gritou.

Eu estava suando e fedendo. Cheirei meu sovaco: tinha esquecido do desodorante. Larguei o computador e fui ao interfone. Demorou um pouco.

— Vera, tudo bem? Você estava dormindo?

Ela disfarçou o bocejo.

— Não, não.

— Se eu tivesse sono eu dormia com você.

— Como?

— Quer dizer, eu dormia na mesma hora que você dorme. Seria melhor para nós dois. — Senti o sorriso. — Acho que a gente tem de sintonizar um com o outro. Sou um animal notívago. Que horas são?

— Três e meia da manhã, seu Devinne.

Uma pontinha de censura. Vou torturá-la, madrugada adentro.

— Tudo isso?

— O senhor está precisando de alguma coisa?

— Do que estou mesmo precisando, você não está autorizada a me dar.

— Eu espero que o senhor compreenda, seu Devinne.

— Eu compreendo. Estou estranhamente calmo agora. Pensando bem, mesmo que você tivesse todas as autorizações você não conseguiria me dar o que eu preciso.

Silêncio. Não, não é *esquecimento* o que me faz falta. Talvez seja justamente o contrário. Mas Laura não me deu a mí-

nima chance. *Cortou — súbita, brutal, um duríssimo silêncio.*
Deu para sentir imediatamente o alívio que ela viveu, os pulmões recebendo o ar em paz, bem longe de André Devinne.

— Mas, na vida real, estou precisando de roupa nova. Ou lavação desta, mas está um pouco frio para ficar nu à espera. Desta vez, sem sorriso. Profissional.

— Tudo bem, seu Devinne. Amanhã o senhor terá roupa nova. O senhor sabe os números da camisa e da calça?

Lembrei de Laura. Errei de propósito:

— Calça número três, camisa quarenta e dois.

Agora sim, ela riu.

— Deve ser o contrário, seu Devinne. Tudo bem. Está anotado.

— Obrigado, Vera.

— Seu Devinne?

— Sim?

— Por que o senhor não tenta descansar um pouco?

Desliguei. *Vou atormentá-la.* Sentei ao computador, li o que tinha escrito, troquei uma palavra por outra e afinal apaguei tudo. Bebi água, acendi um cigarro. Olhei para o teto. Branco, nenhuma mancha. Acabamento de primeira.

Alguém estaria realmente sentindo a minha falta? Grau zero de auto-estima, como diz o doutor Cid. Coloquei um cedê de jazz instrumental.

É só parar um pouco, pensar um pouco, sentir um pouco, fumar um pouco — e eu fico comovido.

Voltei ao teclado.

lsiejf0ok029j,dokosufk,c.sops-eldpskdid8is

Pensei nos quatro ou cinco argumentos que me perseguiam há anos. Fazer uma pequena viagem por eles, ir forçando caminho até encontrar resistência. Ou, antes de mais nada, escrever uma carta a Laura, tentando alcançar alguma coisa que não sei o que é, mas que minha alma sabe. Um homem *bom* tem a palavra *limpa*.

eimsifndijwoj mmcl.cjijk,foe993kdmofjo

andré devinne. ética. ego. paixão. medo. os outros. culpa. a rede. Se me metesse a explicar, a marreta lógica do doutor Cid me esmagaria a cabeça na primeira curva do silogismo. não sobra nada.

André Devinne é um homem de substância ingênua.

Milagre: a represa abriu todas as comportas de um golpe só, e a água parecia boa.

Amanhecendo, corri para o interfone. A infeliz estava dormindo. Insisti. Deixei tocar. Nem era mais para atormentá-la — era uma dúvida premente, verdadeira, que na agonia precipitada e louca dos insones parecia implodir de um lance todos os alicerces de um castelo penosamente desenhado. Finalmente, um trapo de voz:

— Alô?

— Vera, me diga: que dia da semana foi 3 de março de 1980?

— Acho que a pilha está errada, pai. Olhe aqui.

André Devinne abriu o compartimento traseiro do brinquedo. Era preciso tirar as pilhas para ver o diagrama, mas a unha tinha sido cortada e os dedos não serviam como garra.

— Quem que colocou isso aqui?

— Eu. Elas tinham caído.

— Pega uma faca de ponta na cozinha, filha.

A menina correu. Laura descascava uma laranja.

— O pai quer uma faca.

— Você não está dormindo ainda, guria?

Julinha abriu a gaveta.

— Ah, eu só queria brincar mais um pouco. Tão legal o trenzinho.

O pai gritou, acima do tom, como um susto sem causa:

— Não corra com a faca na mão!

Passo a passo, em câmara lenta, provocou o pai com a faca erguida, imitando voz de monstro:

— Tá bem, pai!

Ele tirou as pilhas. De fato, estavam invertidas.

— Você colocou errado, filha. Olhe aqui, o desenhinho. Uma com a ponta pra cima, outra com a ponta pra baixo. Viu?

Nem olhou.

— Tá pai. Põe logo certo. É que a tampinha cai toda hora. Precisa colar.

— Como é que foi de escola hoje?

Um entusiasmo afetado, gestos teatrais:

— Ah, pai. A Tatiana me empurrou na fila do recreio! Aí, eu empurrei ela também, bem na hora que a tia viu. Ela caiu sentada só de propósito, pai! Eu disse pra tia que ela tinha me empurrado antes. Aí, a tia disse...

— Tá bom, filha. Não quero ouvir fofoca. Eu perguntei das lições.

A menina iluminou-se:

— Ah, pai, eu até ia me esquecendo. — A voz era o máximo de afetação, orgulho e encanto: — A tia disse — e a menina respirou fundo — que o melhor ditado da sala tinha sido o meu! Ganhei um dez e um muito bem! Até mostrei o caderno praquela chata da Tatiana! Bem feito! Sabe quanto que ela tirou, pai? Sabe quanto?

André Devinne olhava para o brinquedo, cansado. Depois olhou para a noite lá fora.

— Quanto?

Julinha cruzou os braços e fez beiço.

— Oito.

Sem pensar, olhando a noite.

— Oito é uma boa nota também, filha.

O escárnio infantil. Uma pequena adulta, ensaiando o teatro:

— Ah, muito boa, muito boa mesmo! Aquela burra.

O pai testou o trenzinho: as luzes acendiam, alternadas, e as rodas giravam, guinchando irritantes.

— Pronto, filha.

As mãozinhas avançaram para o brinquedo, mudança instantânea de palco.

— O teu amigo é tão legal, né pai?

— É, filha.

Devinne olhava a noite. Nenhum sinal da rua.

— Será que se eu pedir aquela boneca fofinha que tem na loja da Lagoa ele me dá?

Súbita a voz de Laura, também um tom acima, mal sintonizado:

— Você não seja besta, menina! E vai dormir!

Julinha se assustou um instante, mas não saiu do lugar.

— Claro que não, mãe. Só brincadeira. Também, ele deve ter gastado todo o dinheiro dele com a roupa nova, né?

André passou a mão nos cabelos da filha.

— Vai dormir, Julinha. Obedeça tua mãe.

Ela ficou, ligando e desligando o trenzinho nas mãos. Uma espécie de teste de resistência — muita coisa para saber. A pergunta era uma esperança:

— Ele vai morar aqui com a gente, né, pai?

— O Odair está só passeando, filha. Alguns dias. Vai dormir, vai.

Laura colocou um disco no aparelho de som. Janis Joplin. A menina continuava tateando.

— Pai, ele tem um machucado na perna, né?

— Tem, filha.

— É. Eu vi. Ele anda meio torto.

— É, filha. Mas não fique olhando. É feio.

— Ah, pai. Claro que não. Só perguntei. É aquela doença de quem não toma vacina?

Laura foi até a varanda. Encostou-se na porta de correr e ficou olhando a noite e ouvindo a música.

— Acho que vem chuva.

A menina insistiu:

— É, pai?

— O quê, Julinha?

— De quem não vacinou quando era criança?

— Acho que sim. Vai dormir!

A filha baixou a voz e os olhos.

— Ele disse que foi você.

André Devinne segurou cuidadosamente os nervos da frieza, após o choque. Sorriu, percebendo o olhar agudo de Laura, direto nos olhos dele.

— É brincadeira, filha. O Odair vive brincando.

Devinne sentia a respiração diferente de Laura, em silêncio. Percebeu que ela não olhava mais para ele. E a voz parecia normal:

— Adoro a Janis Joplin. A nostalgia do paraíso que se foi. Laura, a náufraga.

A menina continuava aos pés do pai.

— É. Ele é bem brincalhão. — Confessou: — Quando eu mostrei o trenzinho pra Tatiana, ela disse que o teu amigo é um bicho feio. Por isso que eu empurrei ela.

— Dá um beijo no pai e vai dormir, filha.

Ela deu o beijo, mas ficou. Muita coisa para falar.

— Ele é gozado, né pai? Ontem brincou de vampiro. Ele faz aquela careta horrível e vem arrastando a perna. E faz "uháaa"... com a mão assim! Aí ele finge que dá dentada no meu pescoço. Olhe aqui, quase ficou marca!

Devinne viu a mulher abrir a boca para falar no mesmo instante — mas dizendo outra coisa:

— Dona Júlia! Vá dormir imediatamente! — e fez um gesto de avançar.

— Ai, que mãe chata! Não me pega! — e correu para o quarto dando risada.

André Devinne ficou um instante imóvel, sentindo a presença silenciosa de Laura, em pé, a quatro metros dele. Levantou-se e foi à cozinha preparar um uísque. Não era normal, beber numa quinta-feira à noite, sem visitas — talvez fosse isso que o olhar de Laura estivesse dizendo discretamente, quando ele voltou com o copo na mão. Ou talvez Laura já estivesse muito adiante, em outra curva. Certamente era isso.

— Você quer, Laura? — e estendeu o uísque.

Ela fez que não; e quando ele chegou perto, puxou-o com delicadeza. Desejo. Mas de uma outra espécie, de uma voltagem mais alta e escura. Uma mulher da altura dele, o que também significava um prazer. Beijaram-se, vagarosos, não como quem inicia o ritual da aproximação física e da posse (ainda que o desejo estivesse inteiro nas narinas, no toque, nos lábios, nos joelhos, na ansiedade sem angústia), mas apenas como quem testa o universo da intimidade, como quem procura, ele e ela, o menor sinal de resistência, um pequeno degrau que fosse de diferença ou estranheza.

De mãos dadas, acomodaram-se na varanda, olhando a noite. Silêncio. Ela acariciava a mão do marido, desenhando formas com a ponta do dedo.

— O uísque não te dá vontade de fumar?

— Só um pouquinho. Mas não é o uísque. Acho que esta é a fase crítica mesmo, cinco meses.

Ela aproximou a cabeça e deu uma mordidinha na orelha dele.

— Você está muito bem, André. Depois que parou de fumar, ficou mais cheinho...

Sorriram.

— E você? Nunca mais teve vontade de fumar?

— Bem, aquela noite da festa eu dei uma tragadinha no cigarro da Luíza...

— Ah, é? Bem que eu senti um gostinho dif...

Beijaram-se. Ele ia dizer *Sua tratante!*, mas não disse, de novo sugados para uma esfera mais grave. Silêncio.

— Me dá só um golinho do teu uísque. Me deu vontade. Ele estendeu o copo.

— E a pintura, Laura?

Os olhos dela brilharam.

— Estou gostando. Logo termino a série. — Repreensão simulada: — Faz três dias que você não sobe no ateliê...

— É que para subir aqueles cinco degraus eu preciso estar bem tranqüilo. Não quero levar tensão para o teu espaço.

— Tesão, pode. — Riram. Ela baixou a voz e os olhos (o mesmo gesto da filha): — Você não está tranqüilo.

Era para ser uma pergunta, mas foi uma afirmação. Involuntária, um pequeno esbarrão do medo.

— Até que estou. É que essa semana está corrida, você sabe.

— O Secretário vem almoçar aqui domingo?

— É. Prometi um churrasco.

— Amanhã vou encomendar a carne. Quantas pessoas?

— Acho que só ele e a mulher.

— Aquela pentelha da Dóris?

Riram.

— Tenha paciência, Laura. É a mulher do homem. Ah, ele falou de novo da exposição.

— Mesmo?

— Huhum.

— E o que você acha?

— Acho que você deve meter a cara. Tua pintura está bonita, Laura.

Um relâmpago silencioso no horizonte. Ela pensou em azul-escuro. Silêncio, mãos dadas.

— Está esfriando.

— É.

O motor de um carro, depois os faróis, depois novamente o escuro da noite. Devinne vigiou o perfil da mulher, entregue ao silêncio. Afinal perguntou:

— Ele não disse onde foi?

Laura demorou um segundo. Talvez não percebesse imediatamente de quem o marido falava. Ou simulasse não perceber.

— Não.

Devinne consultou o relógio: onze e meia.

— Semana que vem tenho de viajar para o Oeste com o Secretário.

Quarenta horas de computador — e, suponho, literatura — num fuso anárquico. Minha madrugada era outra, a fome também, de arroz frio, porque sempre tinha alguma coisa para André Devinne refazer antes de desligar a tela. Mal percebi quando o homem, de arma na cintura, colocou na mesinha o pacote de roupas limpas e saiu rapidamente. Deixei a impressora funcionando e fui tomar banho. É bom o arcaísmo do papel escrito, pegar nos dedos o que se escreve, olhar com atenção para o espaço em branco entre uma linha e outra, avaliar o esquadro gráfico da página impressa. Uma esquizofrenia completa e sem dor — os outros todos do mundo iam cabendo em meia dúzia de frases, em microscópicos sinais binários magnéticos. Era lá que eu queria estar também, bem acabado.

Ouvi o toque de chamada. Vera deve ter sentido minha falta. Aproveitei para arrastar a perna até o interfone e testar uma voz desagradável:

— Que foi?

Minha Laura escrevia tão solta que era uma dor interrompê-la.

— Desculpe, seu Devinne. O doutor Cid chegou de viagem e gostaria de conversar com o senhor.

— Agora não posso.

Desliguei na cara. Tenho informações confidenciais sobre a vida do doutor Cid que podem foder com ele. Testei a risada bruta: deu certo, ela existia. Mal voltei à Lagoa, ouvi barulho de chave. O velho e bom doutor Cid estendia os braços para mim:

— André Devinne, meu querido!

Com desagrado, voltei à situação real: estava diante do homem que me mantinha em cárcere privado. Um homem corrupto que... Não; o que eu sabia, de fato, é que eu tinha sido seqüestrado (não exatamente; eu entrei naquele porão por livre e espontânea vontade — entendendo-se *livre e espontânea vontade* no sentido previsto no Código Penal)... Bem, o fato era, em essência, este: eu estava *preso* por alguém que não tinha autoridade nem razão para fazê-lo. Um homem frio, calculista, desagradável. Quando ele sorriu, ouvi o estalo do seu dente de ouro.

— Doutor Cid, eu... — *eu estou escrevendo agora. Por favor, volte mais tarde.* Mas isto poderia indicar que eu estava satisfeito com a situação, o que poderia levá-lo a se vangloriar disso com um insuportável *Viu como eu estava certo, Devinne?*

— Desculpe, Devinne. Sei que interrompo o seu trabalho.

— No mesmo instante, correu os olhos e meteu as mãos ávidas e peludas no primeiro maço de formulário contínuo da impressora. — Veja só, Devinne, que maravilha! — E olhou para mim, encantado. O ratinho branco confirmava todas as hipóteses da tese, e o despertador condicionante nem havia tocado ainda uma segunda vez. Já na primeira o ratinho, muito inteligente, aprendia tudo. Ele passava os olhos pelo meu texto. — É que o meu tempo é tão curto, Devinne, que a contragosto tenho de interromper seu trabalho. Mas vamos sentar um minutinho! Senti falta de você!

Fiquei angustiadamente irritado por me ver no papel de quem vive uma escravidão consentida. Permaneci em pé:

— Doutor Cid, por favor...

— Vou até filar um cigarro seu...

Esperei que ele desse a primeira e satisfeita tragada, e assumi o ar tolerante e superior de quem lhe dava uma última chance. Nada a perder.

— Muito bem, doutor Cid. Se o senhor tem a intenção de me deixar sair imediatamente, eu recolho minhas coisas e vou embora já. — Ele olhava sorridente para mim, sem responder. O silêncio me fez mal. Sou um homem sem convicção em nada, sequer em defesa própria. Comecei a gaguejar: — Doutor Cid, eu até agradeço a atenção e o cuidado que o senhor está tendo comigo. — *Eu não estava sendo irônico.* Comecei a suar. Ele continuou sorrindo, cigarro à mão, contemplando o ratinho. — Eu saio por aquela porta e... e eu nem quero saber quem é o senhor. Eu vou cuidar da minha vida. Eu... eu nem vou à polícia falar nada, eu...

Agora sim, ele soltou uma risada gostosa, o velho gesto de bater no joelho:

— Ah, Devinne, sempre fazendo cálculos miúdos! Relaxe, rapaz! — Uma seriedade que me pareceu assustadora: — Ou você acha ainda que eu sou um idiota? Que eu me mandei de Brasília a jato, abrindo um buraco na minha agenda, só pra te dar um tapinha nas costas e dizer: vai com Deus, Devinne!? Muito obrigado pela compreensão! Olha, não conta pra ninguém, viu? Olha, a Vera te leva de volta pro teu empreguinho no jornal, ou então lá no lixo que você mora. Se quiser, pode levar as camisas e calças que eu comprei pra você. Ah, pega um dinheirinho também pras despesas, pra alguma coisinha que você precise...

Aquele filho-da-puta estava novamente me demolindo, justo no momento em que eu começava a ficar em pé. Quando fico furioso, fico tonto — me segurei na poltrona e acabei me sentando nela, entregue. A espécie humana não pode contar comigo para sobreviver. Exato na técnica de me destruir sem me matar, o velho desmanchou um pouco a máscara de escárnio e amaciou a voz:

— Ah, Devinne, francamente! Vamos jogar limpo! Eu respeito o teu talento (pelo menos é o que parece indicar esse maço de texto produzido em dois dias) e você respeita o meu poder. Eu não gosto de misturar as coisas, Devinne, e não há nada mais ridículo do que um homem tentando enganar outro, ou fazer posezinha diante de outro, esses blefes de amador. Fique duro, aí, rapaz, agüenta firme! Não tem torrãozinho de açúcar nenhum na história! — Mas o torrãozinho veio: — Você pertence à espécie humana, Devinne! Levante a cabeça!

Ele tinha razão. Levantei a cabeça, mas o difícil era mantê-la no prumo. Levaria umas doze horas até reencontrar Laura, até soltar minha alma na colina verde. Um pouco menos duro agora, mas sempre objetivo:

— A Vera está te tratando bem?

Desligar. Pense em outra coisa. Refugie-se.

— Sim.

— Ela é uma ótima secretária. Fiquei feliz com o primeiro relatório. Depois de algum tempo de sono e de fúria, parece que você se tranqüilizou pelo trabalho. Bom. Estou satisfeito. Poderia ter sido bem mais difícil.

— É verdade.

Pensar em outra coisa. No que eu escrevia, por exemplo. Em que sentido André Devinne era eu, além do nome? Em que intensidade um homem pode representar um outro homem? Fantasiei, naquele silêncio difícil, que ele *sempre* representa um duplo. Ou vários duplos. O que se chama de *essência* é um pó biológico que se esfarela nos dedos. *Nada,* como diria o pai de André Devinne. Gosto de homens *povoados.*

— Mas falar em amadorismo, Devinne, que horror essa Brasília! Corruptos de quintal, ladrões de galinha, *parvenus* da política, judiciário analfabeto, loucos deslumbrados! Sou ateu, Devinne, é claro; mas estou me convencendo de que este país tem mesmo a bênção divina! É um toco na correnteza que só o espírito santo explica! Eu me sinto mal, Devinne, muito mal! Eles vão acabar estragando tudo! A matéria-prima da nossa economia paralela é das melhores do terceiro mundo, e é justamente por isso que os métodos de explorá-la devem ser de primeiro mundo, métodos alemães, suíços, japoneses! Nunca se deve abrir a guarda. Mas os imbecis não sabem nem declarar um imposto de renda, os idiotas não sabem nem lavar dinheiro! O sistema corre risco, Devinne! E se explodir, todos perdem: os honestos, os desonestos, os tubarões e as sardinhas, os poupadores e os financistas, as viúvas e os garanhões. É preciso manter o equilíbrio das coisas! Sempre tem um jornalistazinho de merda, cheio de moralidade cristã, com os ideais da revolução americana na cabeça — e os Estados Unidos são o país de alma mais corrupta do mundo, no bom sentido, com regras mais ou menos claras — para meter o focinho nas patas dos amadores. Todas as sardinhas querem fazer o bem sem olhar a quem — e o resultado é a desgraça do cardume inteiro. O que você acha?

Eu estava no Pântano do Sul, conversando com Odair, em alguma página do futuro.

— Eu não acho nada, doutor Cid. Minha escala é outra, mais miúda. — Sorri: — Não vá o sapateiro além dos sapatos.

Mas ele estava muito agitado para prestar atenção em mim. O paranóico — era exatamente isso o que eu passei a ver na minha frente — queria falar:

— É por isso que eu gosto de Curitiba. Que cidade! É sempre um prazer chegar aqui. Acertei em cheio ao estabelecer a central da minha holding em Curitiba. Uma cidade confortável, limpa, discretíssima! Um caso único no Brasil: aqui, como você diz, o sapateiro não vai além dos sapatos; todo mundo sabe seu lugar. Melhor: está satisfeito com o seu lugar. Todos: pobres, ricos, remediados, professores, executivos, operários, estudantes, gerentes, artistas, pedintes, funcionários, todos! — cada um tem o seu canto, conquistado em silêncio, e reconhece imediatamente o canto dos outros. Que diferença do resto do Brasil, aquele caos baiano, aquela misturalha de ambições, aquele angu na calçada, aquela selvageria obscena! É incrível, Devinne, basta sair na rua para sentir Curitiba, a perfeição possível, plantada no inferno nacional. Até os camelôs têm o seu território, bem organizadinho! Os ciclistas, Devinne, os ciclistas sabem por onde andar! Aqui não se esbarra nas ruas! E é muito mais que isso, Devinne: em Curitiba, as almas estão satisfeitas com o corpo, é interessantíssimo! É o paraíso do consórcio e do sistema financeiro da habitação, a avenida expressa dos planos de vinte, trinta, quarenta anos! É a cidade dos projetos de saúde, dos cálculos renais, do hospital pago em prestações! Só a Empreendimentos Cid S.A. tem participação, legal, é claro, em duas empresas do ramo, de alta lucratividade. Veja o seu próprio caso, Devinne: está lá, bonitinho, digitando classificados para o resto da vida, pensando na cervejinha da madrugada, sem precisar de ninguém... Tudo em ordem; e quando você sai da ordem (por exemplo, ocultando um anúncio por interesse próprio) o sentimento de culpa é tão medonho que você se esmaga a si próprio. Uma cidade assim não precisa de polícia! O que você acha?

Eu pensava em Laura, a minha.

— Eu acho que o senhor está me incomodando, doutor Cid.

Ele deu uma risada gostosa e bateu no meu joelho, com um carinho presunçoso. Parecia refletir sobre o que eu disse.

— Confesse, Devinne: em situação normal você jamais diria isso. Diria, por exemplo, que tem um compromisso e que infelizmente... — Nova risada. O idiota pretendia me conquistar. Como eu poderia recusar provas tão evidentes de sua perspicácia? — Observe só um detalhe, Devinne: apesar de tudo, você continua me chamando de senhor e de doutor Cid. Não é sintomático?

Aproveitei a brecha para simular reação. Dar um pouquinho de corda ao louco, para ocupá-lo.

— O *doutor* é irônico, o senhor não percebeu? E o *senhor* é apenas um sinal civilizado de respeito à velhice, qualquer uma, mesmo a sua.

Ele se deliciou com o que ouviu:

— Ótimo, Devinne, gostei de suas palavras! Civilização: o encontro da ironia com o respeito é uma das marcas da civilização! Você poderia me dar um soco no olho, mas isso é uma selvageria inaceitável. — Ele ainda levaria o soco no olho. Que esperasse. — Muito melhor é o respeito à civilização. Uma cidade perfeita, Devinne. Veja a ordem civilizada das filas, que beleza. Direito consuetudinário, mantido de pai para filho e transmitido pelo ar que se respira. Veja o seu caso, Devinne: está aí, quieto, ancorado solidamente na própria sensação de superioridade, avaliando se não exagerou na ironia, afinal sou um homem perigoso, esperando que eu me arranque o quanto antes daqui para voltar ao trabalho. Não é um caso único, admirável mesmo, dadas as circunstâncias? O que você acha?

Não respondi. Eu precisava de um calendário de 1980. Talvez um jornal ou revista da época, para alguns traços circunstanciais. Conselho de Borges: dê sempre um traço circunstancial para o leitor se sentir em casa. Refugiado em mim, senti um sopro de força. E calculei: não poderia irritá-lo demais: era o doutor Cid agora que passava a ser o ratinho branco. Fiquei ouvindo, com uma atenção ligeiramente irônica que parecia diverti-lo.

— Para mim, o paraíso, Devinne. E por isso meu interesse por você, como você deve ter percebido. A pessoa certa para avaliar essa... essa minha crise moral, digamos assim. Crise não; dúvida. Talvez você tenha algo a me dizer, aquele pequeno toque para fechar um pequeno vácuo. E aqui é o paraíso da reflexão! Um espaço discreto — todo o meu conglomerado se resume a meia dúzia de salas num quinto andar da Marechal Deodoro. Ninguém xeretando a minha vida. E como os jornais se contentam em ser o que devem de fato ser, um bom balcão de anúncios, com mil jornalistas recebendo do governo, numa integração harmoniosa, pode-se trabalhar sossegado. A meta é o bem comum, do bicheiro ao deputado. Aqui a máquina da produção, formal, informal ou paralela, é eficiente e azeitada. É o que estou dizendo: cada um sabe o seu lugar, gosta dele e tem horror à desordem. Esse é o Brasil que queremos, Devinne.

Desta vez não perguntou o que eu achava. Melhor que isso: levantou-se, satisfeito da vida.

— Falei demais hoje! E tenho muita coisa a fazer. Ontem rompeu-se uma pequena teia lá em Porto Velho. Costurar, Devinne, costurar sempre! — Mais uma vez folheou com prazer o maço de texto. — Vou levar isso aqui. Afinal, estou pagando!

E deu uma risada que não chegava a ser cínica — apenas uma brincadeira entre íntimos. Não gostei. Tudo naquele homem me angustiava, e angustiava imediatamente — quanto tempo eu levaria para voltar ao normal?

— Doutor Cid, isso aí é um rascunho. Eu prefiro...

Ele olhou para o ratinho, surpreendido:

— Mas é incrível, Devinne! Você está *mesmo* preocupado com a imortalidade?!

Menti imediatamente:

— Eu gosto das coisas bem-feitas.

O olhar intrigado de novo.

— Sei. — Apontou a tela do computador: — Melhore-se ali. Eu fico com a primeira versão. O primeiro impulso é o mais verdadeiro.

Quase que escapou: *não há parentesco algum entre arte e verdade.* Fiquei em silêncio vendo-o se afastar. Da porta:

— Precisa de alguma coisa a mais, Devinne?

Um impulso:

— Sim. Quero saber de Laura.

Ele se interessou visivelmente. Um dado novo na experiência científica.

— Laura? Sua ex-mulher?

— É. A última notícia que tive dela foi há um ano. Fazia doutorado em Psicologia em São Paulo. Quero informações. O senhor não é especialista em informações?

Ele sorriu, feliz, fez um movimento de cabeça que parecia um sim, e fechou a porta. Ouvi o ruído da chave, duas voltas no tambor. Acendi um cigarro, agoniado. Talvez Laura estivesse se afastando demais de Laura. Pensei no rascunho: o que diria aquele maluco do que eu escrevi? E por que maldição do inferno eu estava preocupado com a opinião dele?

*/mar

Ontem o André ficou muito tempo na varanda noite adentro. Bebendo. Bebendo sozinho. Não é ele. Não *era* ele. Eu disse pra ele ir dormir comigo. Fiz até um chameguinho, me deu desejo. Ele disse que depois ia dormir, que estava sem sono. Quem ficou sem sono fui eu. Puxei assunto. Perguntei do Odair. O André não fala. Mas eu sei que ele estava esperando o cara chegar. Preocupado. Não sei por que tanta preocupação. Ele que despache logo o amigo, dê um dinheiro, deseje felicidades e até logo. Não vale nunca a pena voltar ao passado. São duas pessoas completamente diferentes. Os que eram parecidos ficaram lá pra trás, na infância. E o Odair é uma pessoa horrível, esquisita, uma pessoa *perversa*. Cada dia odeio mais ele, por ele mesmo e pelo meu espaço. Sempre que ele se aproxima da Julinha pra brincar me dá um arrepio na espinha. É uma pessoa de *karma* pesado demais, respirando inveja o tempo todo — tem o olho gordo, os gestos obscenos, não sabe falar. E é confiado demais. Eu imaginava que isso era só ignorância, mas não é. Ontem ele foi entrando no meu ateliê sem pedir licença, sempre com aquele sorriso torto pregado na cara. Ficou ostensivamente me vendo pintar, sem dizer nada. Puxou um banquinho e ficou ali, rindo quieto e vendo, a um metro de mim. Foi me dando uma coisa ruim, um mal-estar. Deixa eu bater na madeira.

Não se consegue fazer nada perto dele. Fiquei duas horas no mesmo azul. Também não disse uma palavra. Não estou me reconhecendo também. Em outra época eu teria mandado ele pra puta que pariu já no terceiro dia. Não gosto de gente estranha que entra na cozinha e fica abrindo a geladeira como se a casa fosse dele. Dá ordens na Julinha — já vi uma vez. Finge que é brincadeira. Depois do trenzinho que ele trouxe, com o dinheiro que o André deu pra ele, é claro, a menina acha ele o máximo. Ficam de brincadeiras estúpidas, de monstros, de fantasmas, de lutas. Ontem comecei a cortar no grito.

Mas ele no ateliê, empestando tudo de cigarro. Uma hora disse que não entendia nada do que eu pintava. Perguntou porque eu não pintava coisas que existem. Perguntou se eu não queria pintar um gladiador. Assim mesmo, um gladiador com um escudo redondo de metal, diante de um leão. Falou que queria dar de presente para o André. Ridículo. Nem respondi. Mas disse pra ele na lata que se ele não entendia que não ficasse ali. Mandei ele apagar o cigarro. E eu morrendo de vontade de dar uma tragadinha, o filho-da-puta. Ele saiu, depois voltou com um sanduíche na mão. Nem perguntou se eu queria. Não que eu fosse aceitar, Deus me livre, mas escrevo só pra ver a grossura ostensiva dele.

E por que estou agüentando? Por causa do André. Não quero me meter, o André anda à flor da pele, sensível que é uma plantinha. Dei umas indiretas ontem pra ele, mas ele se recusa a falar sobre o assunto comigo. Mas eu sei que tem alguma coisa muito forte que está magoando o André e ele, como sempre, não quer falar nada para mim e quer resolver tudo sozinho. Ele também está pelo pescoço da presença do sujeito, mas é como se ele esperasse o momento de fazer as coisas certas, sem agredir o amigo. De certa forma, sem agredir a infância dele. É como se ele estivesse diante de um excepcional, de alguém que necessariamente tem que ser compreendido porque não há a menor chance de ele compreender os outros. O Odair é uma tampa, um toco, uma gosma, um lixo. Mas eles se falam e se riem, dão tapinhas nas costas. O André faz um pouco de teatro, eu percebo (basta o Odair se afastar para ele ficar sério, tenso, denso), mas na hora parece uma coisa verdadeira.

Uma coisa esquisita. Mas está para explodir — eu sinto.

Bem, talvez eu esteja ficando louca e a razão de o André estar do jeito que está seja outra. Exatamente: outra.

A tal professora de inglês, Vera, esteve ontem à tarde aqui. É uma moça bonita, bem jovem. Entre 25 e 30. Muito educada. Disse que tinha ido ver uma amiga na Costa e voltando se lembrou de dar uma paradinha para ver meus quadros. Disse que o André falava muito da minha pintura. Quer dizer, pelo menos ela *pediu licença* para ver meus quadros. Para falar a verdade eu estranhei um pouco (está tudo estranho nessa casa!) e senti ciúme, um sentimento que odeio. Eu não sou uma mulher fraca e nem insegura — pelo menos estou convencida disso — e sentir ciúme é sempre uma dor inútil (no meu caso, com certeza: eu sei que estou inteirinha na alma do André, assim como ele está na minha, faça a gente o que fizer, mas há sempre uma faixazinha da vida que é incontrolável, apesar do André querer todas as certezas sempre ao mesmo tempo sem escapar uma agulha) mas o que eu dizia é que eu senti ciúme, aquele cortezinho com uma ponta de agulha descendo suave no peito quando menos se espera e a respiração perde o embalo ainda que o sorriso permaneça, uma moça educada, eu também. Eu não sabia que o André tinha cancelado as aulas, e a Vera também parecia surpresa, ele estava indo muito bem, e ainda perguntou se eu não tinha interesse de aprender inglês e eu disse que eu sabia, quer dizer, eu sei ler inglês e para mim basta por enquanto, enquanto eu não faço uma exposição na Europa e ela riu junto comigo enquanto olhava os quadros e achava tudo muito bonito e fui percebendo como ela foi ficando tensa quando a Julinha apareceu com o maldito trem na mão, que eu vou acabar jogando no poço. A Vera achou a minha filha a coisa mais linda do mundo e a Julinha se derreteu toda de frescura. De maneira que pelo jeito que ela acendeu o cigarro e ofereceu a carteira pra mim e olhou os quadros de novo e depois viu sem ver o Odair passando pela porta da cozinha e ficou algum tempo em silêncio e voltou a olhar para a marinha que eu estava pintando também sem ver, pelo jeito como ela não ouviu o cafezinho que eu ofereci, eu percebi no fundo da alma que houve alguma coisa física e mental entre o André e ela. Física, principalmente. Dava pra perceber nos lábios dela. Aí a agulha enterrou-se um pouco mais no peito e eu fiquei angustiada. Mas me recusei a comparar, a comparar os dez anos a menos dela com os dez anos a mais meus — só isso que havia pra comparar, porque temos peles semelhantes, e os dedos dela também são longos, como os meus. E os cabelos são quase idênticos. O olhar também, seria o mesmo, se ela não estivesse tão insegura. E, afinal, as aulas acabaram, acabaram definitivamente, pelo olhar e pelos beijinhos que nós trocamos. E se ficou alguma coisa (que eu nem queria falar a respeito, porque é alguma coisa morta) foi a minha impossibilidade de ficar pintando. Ontem. E um pouquinho hoje também, mas hoje por outras razões. Bem, eu perguntei ontem para o André das aulas, por que ele tinha interrompido, e ele sem se interromper disse que não estava tendo tempo e tinha muitas coisas para pensar ao mesmo tempo depois que o projeto tinha saído da gaveta e tinha agradado o Secretário. E que eu tivesse paciência com ele. E quando eu disse que a Vera tinha me visitado ele também não demonstrou nada, só disse que era uma pena, ela era uma ótima professora, e também nesse segundo eu percebi que *aconteceu*. Quer dizer: aconteceu. Não vai acontecer mais. Eu apertei a mão do André e ela estava fria, mas havia tanto Odair na cabeça dele que todo o resto se reduzia a nada, inclusive eu, naquele exato momento. Eu não vejo a hora daquele bicho desaparecer da nossa vida. Lembro vagamente de ter ouvido vozes na varanda. Acho que ouvi até algumas frases, e não gostei. Depois não lembro de mais nada. Sinto angústia, não dá pra esconder. Mas não vou falar isso com ninguém, que já estou madura. A idade da maturidade é também a idade da solidão, de uma espécie diferente de solidão, não a da vítima, mas a daquela que se escolhe. Sou sozinha porque quero ser sozinha. Mas eu sou eu mais o André, assim como ele deve ser ele mais esta Laura, mesmo que tenha eclipses em que a gente se troque pouco um pelo outro. Em que a gente se recolha. Mas quando a gente se olha sente aquele fio da paixão madura, é só estender o dedo e pegar o outro.

Depois, muito depois das vozes na varanda (acho que sim, porque eu sonhei colorido) eu meio que acordei com André se deitando. Ele ficou um tempo sem me tocar e eu fingi que estava dormindo. Eu até podia ver a luz dos olhos abertos dele olhando o escuro do teto. Engraçado: repousar para ele é olhar o teto. Mas depois eu senti a mão dele acariciando minhas costas e passando a mão na minha bunda, mas não tinha nada a ver com a mão que ele passa de passagem, de dia no corredor, quando estamos alegres. Ele não me beijou, é verdade, mas eu dormi de novo sentindo a mão acordada dele se aquecendo nas minhas costas. Até a mão dele estava pensando, pensando e pesando alguma coisa que ele não compartilha jamais. Mas o carinho foi bom. Eu ainda vou chegar completamente até ele.

Tomara que eu esteja só ficando louca, porque loucura passa. E o André está num momento chave da vida dele — da *nossa* vida, o momento em que as coisas têm que dar certo. O momento em que a gente deve ficar mais parecido com que a gente de fato é, com tudo que se projetou ser. E eu sou feita de uma fibra muito dura e resistente, meu amor.

Em suma é isso, querido diário: a casa está *ruim*. Até as prímulas estão murchando.

Bom ratinho que sou, gregário, adaptável, de corpo elástico, alma aberta e tolerante, esqueci em poucas horas a gosma do doutor Cid e voltei ao normal possível. Sempre assim: a cada segundo a busca do equilíbrio, seja atravessando a rua, pensando uma frase, amando uma mulher, lembrando de todo o dinheiro que meu pai foi jogando fora como sementes na primavera. Ah, se as sementes pegassem! — é o que ele devia sonhar enquanto minha mãe, uma Devinne, economizava mortadela. Sei que meu fuso horário tinha algum padrão, mas não um padrão convencional. Quando acordei, um capítulo e meio depois, era noite. Por segurança, conferi a mesinha da sala: lá estava a comida. Tranqüilo, tomei meu banho, vesti minhas novas e confortáveis roupas e fui pegar meu ônibus para Florianópolis. Uma surpresa: sobre o teclado, uma fita de vídeo. Na etiqueta, letras apressadas: LAURA.

Meu coração batendo.

Liguei televisão e vídeo e apertei o botão mágico.

Meu coração batendo. Chuvisco. Mais chuvisco.

Súbito uma imagem trêmula pára de derrapar e se fixa. Um corredor comprido cheio de gente indo e vindo. Estudantes, na certa. Riem muito, pastas debaixo do braço. Alguns engraçadinhos fazem careta quando passam pela câmera, que aliás treme muito — é um cinegrafista amador. Aumento o volume, mas não há som.

É Laura! Passa num segundo pela câmera, séria, conversando com outra mulher. O cinegrafista faz uma volta desajeitada, fora de foco, e enquadra minha paixão pelas costas. Um zoom que enche a tela de cabelos negros, lisos, fortes, bonitos, bons de pegar. Fora de foco. No foco, agora o rosto. Laura continua conversando com a mulher diante de uma porta, talvez uma sala de aula. Um idiota põe a mão na frente da objetiva. O cinegrafista tomba a imagem, se perde, está mais nervoso do que eu. Súbito o perfil de Laura conversa — a testa franzida. O belo nariz de minha mulher. A boca! Ela dá um sorrisinho de despedida — não, pré-despedida; ainda acham o que dizer. Ela se despede afinal, e vira-se para a câmera, primeiro distraída, depois intrigada. *O olhar intrigado de Laura* — eu me lembro dele, é exatamente assim. Pulo para o vídeo e estaciono a imagem, que se granula. Uma bela foto em filme ASA 400 puxado para 800. Ela está fixa olhando para mim, *intrigada*. Minha mulher é muito bonita. Um olhar maduro, adulto, firme; intrigada, mas não agressiva. A testa ligeiramente franzida está dizendo: *quem é esse sujeito que está me filmando?*

Coração batendo. Eu estou aqui, Laura, no subsolo de uma mansão do Jardim Social, em Curitiba, preso para sempre! O nome dele é doutor Cid, é tudo que sei — um discreto figurão que mexe com narcotráfico, planos de saúde, construção de estradas, compra e venda de favores e que está em crise existencial, por isso me seqüestrou.

Acendi um cigarro. Laura Laurinha do meu coração batendo. Uma mulher, uma senhora mulher: olhe o rosto dela, os lábios, os cabelos, olhe o jeito seguro (mas não arrogante) com que ela me vê! Lá está ela, imóvel, sempre perguntando quem é esse idiota com uma câmera na mão.

Solto a imagem.

O cinegrafista perde o rumo, certamente envergonhado. Dá uma volta, filma parede, finge que enquadra os outros e súbito chuvisco. Tem mais?

Tem.

Um carro estacionando numa vaga estreita em algum lugar de alguma cidade. São Paulo, suponho. O carro dá ré, pára, vai à frente, vem pra trás, afinal se encaixa. Zoom brutal: a cabeça de Laura saindo do carro, no mesmo momento que um (provavelmente) guardador de carros se aproxima. Trocam duas ou três palavras; o intruso faz um sinal positivo com a mão e já olha para a rua atrás de outra vítima. Laura está séria (testa franzida) travando o carro. O cinegrafista parece que está na calçada oposta. Está, sim — vultos de automóveis cruzam a tela. O rosto de Laura demora a se acomodar no foco. Corpo inteiro, agora. Ela está de saia e meias negras, é o que vou vendo com dificuldade enquanto ela avança pela calçada até a esquina. Vai atravessar a rua. O cinegrafista acha um poste, gente, sol, carros — está perdido. Corte.

Coração batendo, imediatamente vejo Laura inteira atravessando a rua com a mesma saia e as mesmas meias negras, o mesmo andar elegante e compenetrado. Sinto um desejo brutal, animal, estúpido, insuportável, louco por aquela mulher. Garganta estreita, falta de ar, paraliso a imagem, em meio a um passo de Laura, a cabeça ligeiramente inclinada, uma mecha de cabelo discretamente suspensa no meio da rua. Fico olhando, tragadas fundas, me povoando de Laura — chego a fechar os olhos para sonhá-la melhor. E sonho, vou lá para atrás do tempo juntar os pedaços que ficaram no chão por imperícia dos viventes, passar a limpo o nosso beijo e a nossa primeira comunhão.

André Devinne percebe que está chorando. Não um escândalo; um choro autônomo que veio vindo suave por conta própria, direto da alma para os olhos, puxando o ar da garganta antes que o corpo doesse demais. Uma bela neblina, André Devinne, inteira costurada de desejo! A mão avança para o aparelho e liberta Laura que afinal chega ao outro lado da rua, desvia de um passante e entra numa loja. Chuvisco.

Chuvisco chuvisco chuvisco chuvisco

Acabou?

O doutor Cid é um homem de alma deformada, um ser pelo avesso, um animal do lixo, um mutante perverso e infeliz que há de passar o resto de seus dias agoniado de um sofrimento de espinha cuja dor explode a cada segundo e se esconde escarmenta para atacar em seguida porque não há lugar no mundo nem no inferno em que aquela velhice mental possa viver ou morrer — ela não terá fim, nem espaço, nem tempo, e pior que tudo não terá jamais um chão para pisar, porque o doutor Cid viverá a vertigem eterna de cair sempre e

Avanço a fita. Chuvisco. Mais um pouco. Chuvisco.

O doutor Cid é um grande filho-da-puta.

Volto a fita e revejo Laura, os dois minutos que me foram concedidos pelo Tribunal. Laura olha para mim intrigada, Laura fecha o carro, Laura atravessa a rua, Laura fecha o carro, Laura atravessa a rua, Laura olha para mim intrigada, Laura olha para mim intrigada, Laura olha para mim intrigada, Laura olha para mim intrigada

Desligo e enxugo os olhos.

Um pouco melhor agora.

Outro cigarro. Avanço lentamente para a porta, estendo a mão para o trinco. Quem sabe estivesse aberta? Quem sabe tudo aquilo fosse um jogo, um jogo brutal para testar os limites, mas um jogo? *Cuidado, Devinne. Não perca as referências. Volte para o computador e esqueça. Vá se mantendo como você é.* Finalmente a mão no trinco. Porta trancada, é claro. Dor de cabeça. Comer.

Apago o cigarro e vou mastigando a comida fria. Vera ainda não descobriu o meu fuso horário.

Volto ao computador. O que Laura faria no lugar de Laura? Recomeço a invenção da minha mulher, nítida nos meus olhos. Pouco a pouco, linha a linha, vou esquecendo o que sou. Três, quatro ou cinco horas depois ouço o interfone. Saco. Vou arrastando a perna, exercitando meu Odair.

— Que é agora? O suplício da roda? O pingo chinês na testa?

Ela não entendeu. Tímida, tímida e íntima, como nunca tinha sido:

— Devinne, o doutor Cid está gostando do seu livro.

Como quem dá a notícia de um prêmio na loteria. Eu deveria ficar feliz? Deveria compartilhar a alegria da secretária? A minha vitória era dela também?

— O doutor Cid que se foda.

Tive a impressão de que ela nem me ouvia. A desgraçada estava alegre mesmo:

— Ele... ele autorizou algumas doses de uísque.

— Olhe aqui, dona Vera, você mande aquele filho-da-puta do doutor...

Desligou. Armei o murro na parede, que sintetizasse tudo, mas o punho parou no caminho, freado por um gemido terrível. Pronto: quantas horas agora para voltar ao normal possível? Lá vou eu me entupir de cigarro, me afogar no emaranhado de caraminholas da cabeça, encharcar meu corpo de agonia, dor, ansiedade, medo.

Diante do computador. *Esse homem vai me matar.* Então o filho-da-puta está gostando do meu livro? É difícil um ratinho mudar de reação depois de quarenta anos de pequenos choques, sustos e prêmios. A cabeça fica mais lenta, os nervos mais mecânicos, os impulsos mais previsíveis. Ele está *mesmo* gostando do meu livro? *Tanto,* que me oferece uísque.

Comecei a rir. Ora, o doutor Cid não é idiota; ele me conhece razoavelmente bem; em alguma fresta daquela couraça metálica há um coração transplantado que tem a intenção de pertencer à espécie humana; os homens são seres capazes do riso, os únicos aliás (daí porque sempre desconfiei das pessoas, perigosas, que não têm a generosidade do riso); logo, o doutor Cid fez uma brincadeira, que a estabanada secretária transformou numa grossura sem arte.

Nem precisava fumar tanto por um incidente desses. Voltei ao computador, buscando mais uma vez me refugiar na tranqüilidade possível. (A verdade é que o simples fato de o homem estar gostando de meu livro representava uma espécie de sobrevida no hospital. Talvez fosse o caso de, feito Sherazade, esticá-lo ao infinito.) Prendi meu humor pela unha, como um bom sedativo. *Fique em você, André Devinne; não se espalhe muito. Respire.*

Parágrafos adiante, nova chamada do interfone. Desta vez fui eu próprio atender, sem expectativa nenhuma.

— Sim?

Um segundo de vacilação. E a (de novo) inesperada intimidade:

— Devinne, desculpe por ainda há pouco. Acho... que fui estúpida com você. Não era essa a intenção.

Imagino que nós dois sentimos alívio. Um desejo de perguntar detalhes, mas estava com uma frase pela metade pendurada na tela. Não queria sair de lá. Um pouquinho impaciente:

— Tudo bem, Vera.

Outro segundo de silêncio.

— Você... você está precisando de alguma coisa?

De Laura — mas seria uma grossura desnecessária. Demonstrar impaciência me pareceu uma vingança mais civilizada.

— Não, Vera. Obrigado.

E desliguei. Voltei pensando para a tela.

Então aquele calhorda está gostando do meu livro?

Às três da manhã, André Devinne está na varanda inteiramente acordado, todos os feixes do corpo e da alma, um felino em silêncio sobre uma pedra avaliando com a lâmina dos olhos a sombra que se move a alguns metros dele. Avaliação fria; nem a respiração se altera, para que não perturbe o que se vê. E o que ele via era a ameaça de um vulto penso, que avançava penosamente o lance final em direção à casa, em golpes lentos de perna. Avaliava: um corpo que tudo que queria era chegar até a casa, não perturbado por mais nada senão a própria inaptidão do andar e a dificuldade do equilíbrio. Um corpo que fareja o destino, mas não além de dois metros.

Assim, quando afinal põe o primeiro pé na madeira confortável da varanda, a mão sustentando-se no pilar também acolhedor da entrada, no relaxamento bom de quem chega numa boa casa, feita à semelhança de quem vive nela, pressentindo-se em todos os objetos a familiaridade, o parentesco, a filiação, sentindo-se mesmo o trabalho dos outros, os pregos na madeira, a argamassa no tijolo, como uma extensão do próprio desejo de repouso e de espaço, o corpo larga-se de vez e deita na madeira — tão relaxado e solto que se ouve o baque discreto da cabeça, um corpo que se entrega já de olhos fechados.

Ao lado, na sombra mais espessa, o coração de André Devinne se acelera.

— Odair?

O vulto ergue-se violento ao sinal súbito de perigo — um corpo em pânico esticando todas as cordas, da tensão dos braços ao olhar no escuro, até localizar a silhueta do amigo, a voz baixa e fria, quase que ao alcance de sua mão assustada.

— Porra, Juliano. — Respirava mal, descompassado, custando a desembarcar do pesadelo. — Você quer me matar de susto?

E aproxima a cabeça, respiração bruta, olhos atentos, como quem não acredita perfeitamente que está salvo. Não há luz na varanda, só brilhos.

— Você está bêbado.

A cabeça de Odair pende, instável no pescoço — preferia voltar às tábuas do chão e dormir imediatamente. Mas a sombra permanece imóvel, exigente e assustadora como um dedo apontado no escuro. Custa a entender; de fato, não entende assim rápido todas as variáveis daquela exigência fria que ele não sabe o que é; mas se defende no contra-ataque demolidor da risada curta, que os devolvesse ao ar respirável de sempre. A sombra se assusta, e no mesmo instante Odair pisa o terreno familiar em que ele pode ficar em pé:

— O doutor Devinne diz que eu estou bêbado!? — Falsete: — Sim doutor! Passei dos limites!

Outra risada, mais alta, e agora é a sombra que se defende, redescobrindo o espaço do que é razoável, que ela não pode nunca se perder de vista, mesmo no último limite da tolerância. Cochicha, quase um tapinha nas costas:

— Odair, fala baixo, cara! Elas estão dormindo...

Assim é melhor: iguais novamente. Odair fecha a boca com um tapa, e cochicha mais baixo ainda:

— Porra, Juliano, desculpe... é que eu tomei umas a mais e...

E começa a rir. Um bicho inútil, estúpido e indefeso. Nada, rigorosamente nada entrava naquela cabeça torta. Mas os limites já estavam esmagando o nariz de André — e, na perfeição medida de uma vida inteira, aquele ser errático e incontrolável, a sua simples presença, a respiração, o gesto, o pensamento, o andar difícil, a memória, principalmente a memória, o toque da mão de pele ressecada, ele inteiro não deixaria André Devinne dormir nunca mais na vida. Falta um pé de sapato — não se pode andar assim pelas ruas.

— Precisamos conversar, Odair.

— Claro, cara, claro. Amanhã, que hoje estou bêbado — a voz triturada sílaba a sílaba, até que o riso se soltasse. Meteu a mão no bolso e trouxe de lá uma carteira de cigarro. — Quer?

Não respondeu. Vontade terrível de fumar, mas jamais se entregaria a um desejo tão gratuito, da mão do inimigo, sem que as linhas do mundo estivessem retas, de preferência essa noite mesmo. Teve espaço para ponderar: talvez estivesse sendo muito imperial, perdido na burrice da dureza (e do medo). *Imperador Juliano.* Viu o amigo acender afinal o cigarro, depois de quebrar três palitos de fósforo, mediados por palavrões. *Tatear, sempre tatear.*

— Onde você foi?

O braço mostrou o escuro.

— Num boteco ali perto da ponte da Lagoa. Assim de putinhas e babaquinhas. Filhinhos de papai de merda. Todos com o cu cheio de importância e de dinheiro. Amanhã vou pegar o carro e vou lá, cantar pneu.

André Devinne estava suando. Percebeu ao passar a palma fria da mão no pescoço: úmido. A vertigem: vazio completo, branco na cabeça, ausência agoniante de futuro — nada a pensar, nada a fazer. Que Odair falasse, enquanto ele respirava.

195

— A vontade mesmo é embucetar o carro naquela birosca, passar por cima da putada até esmagar o dono atrás do balcão. Brruuuummm! — e a alegria da imagem desandou em risada, logo interrompida, que havia outros ocos a resolver.

— O filho-da-puta não queria me deixar vir embora. Porra, acabou o dinheiro, Juliano. Só vi na hora de pagar. O filho-da-puta agarrou meu braço como se fosse meu pai. Ficaram lá me olhando, aqueles peidos penteados — e a risadinha, de novo, cada vez mais tensa.

Vazio — o vazio de quem nunca mais vai dormir na vida. A *alma* acordada — ela não pode dormir. E não há nada que se possa fazer a respeito. Talvez fumar — e quase André Devinne estende o braço pedindo cigarro, mas também o gesto cai no vazio antes mesmo de existir.

— Eu agarrei o colarinho daquele filho-da-puta e disse: Porra, seu bosta, eu sou amigo do doutor André Devinne, estou morando lá, na casa dele, naquele puta casão, tá sabendo? Amanhã eu venho aqui botar o dinheiro no teu cu — e, agora sim, uma risada plena, libertadora, esfuziante, de engasgar.

Também Devinne se engasga, no riso que por um lapso é só a imagem estúpida (mas estranhamente atraente) da cena — o que engasga é o peso das impurezas todas, que no seu desespero (*ingênuo; André Devinne é um homem de substância ingênua*) parecem dele, não de Odair. O Odair que estende a mão súbita e agarra a mão do amigo no escuro:

— Não fiz bem, Juliano? Não fiz bem? Ele que enfie o dinheiro no cu!

Devinne vai retirando suavemente a mão suada dos dedos duros do amigo.

— Fale mais baixo, Odair. Por favor.

O bêbado não ouve; só fala.

— Porra, Juliano. Amanhã vamos lá. Você vai comigo. Põe o teu terno de milionário e vamos lá. Você vai lá e paga em dobro. Quero só ver a cara do palhaço. — Uma idéia melhor, chega a se erguer do chão: — Porra, vamos lá agora! Liga o carrão e vamos lá, Juliano! Vamos foder com eles!

A mão assustada de André pega o braço de Odair e o devolve ao chão — mas a voz vem com uma faixa de carinho:

— Não seja idiota, Odair... descanse, você está bêbado. Amanhã eu resolvo isso. — *Desculpe o escândalo. Quanto que foi o estrago? Ele não é só alcoólatra; é louco também. Até que eu tentei cuidar dele, mas não deu. Foi embora hoje, graças a Deus — o que eu já passei de vergonha... Vou te contar... tem* uns karmas *na vida que... Mas apareça lá pra ver os quadros da Laura. Estão bonitos. Olha, e obrigado pela paciência. Desculpe mais uma vez o papelão do sujeito... me aprontou cada uma... quando eu me lembro...*

Não era tão grave, suspirou Devinne. Uma boa conversa resolve tudo; as pessoas são essencialmente cordatas; todos estão prontos ao entendimento, a aceitar as regras do jogo, a conviver em paz; todas as pessoas são boas — é só descobrir o ponto da comunhão humana, o ponto de liga. É isso que dá sentido ao mundo e à vida — todos giramos a vida inteira em direção ao ponto de encontro. As pequenas guerras são sempre um pequeno mal-entendido, um passo em falso, uma voz fora do tom, uma intenção mal resolvida.

Odair ainda se revolvia nos pedaços bêbados da memória, os cacos do ressentimento que acabavam sendo, dolorosamente, o seu único espaço, o único reconhecimento das coisas e do mundo. *Viver é ressentir.* Seria mesmo isso? — intrigava-se Devinne no escuro, de novo o felino de olhar de lâmina atrás da melhor estratégia.

— Precisamos conversar, Odair.

— Me dá um gole dessa porra aí. — Ainda pensava na vingança. — Porra, cara, você não é mais de merda nenhuma. É capaz de ir lá sozinho amanhã pedir desculpa. Devinne estendeu o copo. Repreensão paternal, como um teste:

— Você... você precisa acertar tua vida, Odair. Se eles chegassem a um ponto de cordialidade verdadeira; se Odair *compreendesse*; se...

— Já acertei, cara, já acertei! — E a risada bruta. — Nunca estive tão bem na vida, porra! Casa, comida, dinheiro, um puta amigo de vinte anos, caralho! Eu quero é sossego! Devinne suspendeu a respiração e o gesto. *Tatear em outra direção.* Mas talvez o silêncio tenha sido suficiente para Odair pensar. Ou, melhor ainda, *refletir*.

— Claro, não vou ficar aqui pentelhando a tua vida até morrer. — Devinne sorriu. Odair olhava o fundo do copo. — Porra, bebida forte. Tem mais aí? — Devinne tateou a garrafa no escuro e serviu uma dose generosa. Talvez ele entrasse em coma alcoólica e morresse afogado no vômito a caminho do hospital. — Se bem que, porra, essa semana a gente quase nem se viu. Fico eu que nem bosta pelos botecos, esperando você chegar. E quando chega vai transar com a mulher, é claro, que não é viado! — E a risada. Devinne segurou com força o gargalo da garrafa, demorando a soltá-la. — Mas logo a gente se acerta, Juliano. Porra, você foi minha loteria. Com o empreguinho lá que você arruma, uma casinha por aí, um carro, um fusca mesmo, vou levando minha vidinha, me acostumando feito bicho solto. Porra cara, a gente nasceu pra ficar solto. Chega de cassetete na cabeça, porra. Cara — e deixou cair o queixo no peito — estou bêbado até o rabo.

Ainda conseguiu rir. Com as duas mãos seguras no pilar da varanda, ergueu-se incerto, esticou a cabeça e vomitou, uma, duas, três vezes, sob o olhar imóvel do amigo. Ficou alguns instantes pendurado, e foi escorregando sem soltar as mãos do apoio. Depois, o queixo ergueu-se devagar. Tirou um lenço do bolso, que esfregou na boca e nos olhos.

— Porra cara, só faltava essa. Chorar — e o riso veio engasgado, lutando grotesco com o choro, mais uma reação de glândulas que um ferimento na alma, era o que imaginava Devinne, respirando baixinho. — Sabe o que é que acontece, Juliano? Assim, com um cara como eu? — A voz de uma criança esgotada pelo choro. — Parece que não tem porra nenhuma pela frente. É... ah, sei lá, caralho. Que se foda.

Assoou o nariz e ficou olhando o escuro. *Ele está nas cordas. Mais um soco e desaba.*

— Talvez, Odair... Talvez fosse o caso de você voltar para Curitiba.

Ele virou vagarosamente a cabeça para o amigo, à espera.

— Claro, eu vou te ajudar sempre. Mando uma grana todo mês. É que lá você está em casa, tem os conhecidos e... e aqui... eu nem posso... — e Devinne sentiu o peso assustador do silêncio, a reação de uma couraça cega desenterrando-se do pó, um olhar ressentido que descobre o que já sabia desde o início, desde há vinte anos, um olhar que fingia não saber porque era melhor não saber nunca — ...nem posso te dar atenção e...

— Sei — e Odair cuspiu sua cuspida reta em direção ao gramado. Viu o braço culpado do amigo avançando com suavidade em direção a ele:

— Porra, Odair. Não me leve a mal. É que eu acho...

— Sei. Você quer me ver pelas costas. A tua mulher também quer me ver pelas costas. Só falta vomitar quando me vê.

Só a tua filha me dá atenção aqui. E isso porque dei um trenzinho pra ela, porque no começo era só me ver e começava a gritar. Não é assim, Juliano? Porra, você sabe que a merda é bem assim mesmo.

André Devinne — *de novo, mais uma vez, como um condenado, falso até a medula, vivendo o terror do medo e do fracasso, desabando* — estendeu o braço e segurou o ombro arredio do amigo:

— Odair, que é isso, cara? Logo você? Vem com esse papo piegas, gosmento, essa história de "ninguém me quer, ninguém me ama" — e ele riu — logo você, o gato mais escaldado do mundo, cara, vem com essa pra cima de mim? Porra, Odair, levanta a cabeça, vamos falar de homem pra homem agora, caralho! Não me venha com essa choradeira de merda!

Tão intenso o desespero que começou a acreditar no que dizia, uma perda perigosa de equilíbrio. E sem efeito: via crescer no rosto de Odair o riso do escárnio, um escárnio bêbado, inexplicavelmente *superior*.

— Eu entendi, cara. Não precisa chorar — e a marca agoniante da risada. — Sabe o que eu tenho no bolso? — Os dedos, também bêbados, tentavam arrancar alguma coisa da calça, até que mostraram o pequeno troféu opaco: — Uma ficha de telefone, Juliano. O número eu sei de cor. Se eu sentir, cara, se eu só *sentir* que você quer cagar na minha cabeça mais uma vez, eu vou ali num orelhão e fodo com a tua vida inteira — e a risada explodiu completa.

Juliano lutou alguns segundos contra o pavor, e conseguiu rir junto com o amigo, primeiro sufocado, depois mais solto. Despejou mais uísque no copo.

— Não seja ridículo, Odair. Ou então, como antigamente, não seja burro! Porque não vai ali na sala e liga do meu telefone mesmo, seu porra!? Vai lá! Liga agora! É esse o grande amigo que eu tenho!...

Alguns segundos de silêncio — e Odair, outra vez, soltou-se inteiro na gargalhada:

— Encagaçou-se, é, doutor!?

Silêncio. E acabaram rindo e se abraçando, vivendo deliciosamente outro jogo inocente da infância, agora sim de igual para igual.

Eu estava plantando bananeira, para descansar de uma encruzilhada sintática, quando a porta se abriu. Vi primeiro as pernas de Vera, depois o rosto, enquanto a porta se fechava — e se trancava, pelo lado de fora. Gostei do espanto dela de ponta-cabeça e fiquei imóvel, me exibindo. Se fosse Laura, teria dito: como vai o sangue, fluindo? Mas ela percebeu que eu me exibia e controlou o espanto, simulando frieza. Ali debaixo, parecia uma birra de adolescentes, e não um homem condenado à morte diante da sobrinha do carrasco. Havia uma razão para me sentir razoavelmente em paz: eu estava gostando do meu trabalho. Girei lento a cabeça, acompanhando Vera quando ela largou uma pasta na mesinha, sentou-se na poltrona maior e cruzou as pernas. O joelho arredondado pela meia emergiu do corte da saia. Assim na luz, de perto, uma mulher elegante. De onde eu estava, um rosto não exatamente bonito, porque eu forcei o jogo de inverter a face, o queixo na testa, a testa no queixo, de onde saía uma barba curta ao contrário.

— Há quanto tempo eu estou aqui?

— Plantando bananeira?

Achei graça. Quando queria, Vera tinha humor.

— Não. Na cadeia.

203

— Dez dias. Aliás, onze. — Ela olhou para o balcão, onde já havia outra pilha de folhas impressas para serem levadas ao meu leitor exclusivo. — Uma cadeia bastante produtiva, parece. — Vera estava bem-humorada, um astral bom. — A cabeça não explode?

— De escrever?

Ela riu, pegando a pasta e uma caneta.

— Não. De plantar bananeira.

— Acontece justamente o contrário, assim ao contrário. Plantar bananeira concentra energia, estimula o equilíbrio, irriga os vasos do cérebro e domestica a alma. Falar nisso, quando o doutor Cid vem me ver?

— Ele acha que não é bem-vindo aqui embaixo. Mas está satisfeito com você. Gosta muito do seu estilo.

Recitei:

— O estilo é a gramática que se inventa para se defender do mundo.

A principal vantagem de plantar bananeira é que essa atividade nos impede de pensar em muitas coisas ao mesmo tempo. Mas o senso de realidade começava a voltar. Desmanchei minha ginástica, tenso, e caí de mau jeito, um nervo torto no pé. Vera preocupou-se:

— Machucou?

— Não.

Eu já não era o mesmo. *Vera também não é a mesma.* Uma intuição aguda: *ela tem um plano.* Por que não me deixavam em paz? Vendo a secretária tão tranqüila, caneta à mão, me espantei: ela não tem medo de mim? Poderia estrangulá-la, *mas a porta está trancada.* Um falastrão:

— Você não tem receio de que eu avance contra você?

Olhou nos meus olhos — dúvida, humor e intriga:

— Com que finalidade?

Aquilo me desconcertou. A ambigüidade se perdeu:

— Para matar você.

Vera sorriu. Tinha todas as cartas do mundo na mão. O ratinho, nenhuma. Intuição: *ela veio por conta própria.*

— Você não quer me matar. Eu estou lendo o seu livro, Devinne. Você jamais mataria uma mulher, e isso é uma grande qualidade. Gosto de homens que não matam mulheres. — O humor de Vera, mais uma simpatia dúbia que um texto, tinha um quê dos roteiros da Hollywood em preto-e-branco. Como fiquei sério, ela acrescentou, apontando a porta: — Mesmo porque não adiantaria nada de nada. Você já percebeu; agora mesmo está olhando para lá.

A segurança dela me inibiu. Para disfarçar, testei o pé no tapete — o nervo doía. E eu estava despenteado. A solidão bem resolvida, como a minha estava se tornando, é terrível — não queremos nunca mais saber do gênero humano; as pessoas só agridem, encurralam, atormentam, exigem. E a alma inteira me dizia que aquela simpática, firme e determinada secretária era falsa. Eles não podem deixar o ratinho em paz. *Cuidado.*

— Tem uísque no balcão, Devinne. E gelo no frigobar. O doutor Cid acha que você merece.

Lembrei o episódio de Freud com a Gestapo, e fui retorcendo a memória:

— O doutor Cid é um homem muito bom. Recomendo aquele filho-da-puta para todo mundo. — Abri a porta do balcão. — Desde quando essa garrafa está aqui?

— Desde hoje de manhã, quando você dormia.

Peguei um copo para mim. Sonhei noites seguidas com a Voz rouca da secretária do doutor Cid, nua em pêlo na minha cama, trepadas incomparáveis, chupadas inomináveis — e agora, quando eu não precisava de mais ninguém, ela surge disposta a me emparedar. Agressivo:

— O que você quer?

— Um pouquinho de uísque, com bastante gelo.

Irônica, essa cadela. Fui juntando raiva. Peguei outro copo, de má vontade. *Essa mulher veio aqui me atormentar.* Quando estendi o copo, ela sorriu:

— Tim-tim!

Obedeci. *O que essa mulher veio fazer aqui? Ordens do velho?*

— Vera, por favor: o que você quer de mim? Ou melhor: o que o velho Cid quer de mim?

Eu sei: o doutor Cid, satisfeito com o meu trabalho, oferece grátis uma odalisca para me entreter entre os capítulos, um mês antes de me levar à forca. Saindo daqui, levará ao chefe os detalhes das noites de amor, minuciosamente anotados na pasta de cartolina. Reproduzirão no tálamo de espelhos o Kamasutra *do porão, o velho tarado e a sobrinha devassa.*

— O doutor Cid quer de você o que você já está fazendo, Devinne.

Fui perigosamente me descontrolando.

— Por quê?

— Digamos que ele é um homem excêntrico. Eu não estou autorizada...

Avancei brutal contra ela, agarrando as abas do belo casaco:

— Olha aqui, sua puta...

Comecei a sacudi-la, já completamente fora de mim, e vi o terror se armando nos olhos dela, que se encheram no mesmo instante de lágrimas (como se já estivessem lá, à espera), e a agonia rouca da voz sem volume:

— Seu Devinne... por favor...

Terror — era o que eu via e o que me desarmou. Um rosto muito assustado de uma mulher chorando a um palmo do meu rosto. Vi escorrer a pintura dos seus olhos. Larguei seu casaco, minha alma voltando ao corpo e tentando pensar com clareza. Agora sim, eu estava diante de um ser verdadeiro, não uma bonequinha plastificada de escritório. Fiquei envergonhado.

— Desculpe. Eu... eu preciso conversar.

Quando me afastei para dar um gole de uísque, Vera se levantou fugindo. Segurei o seu braço com força, deixando cair o copo. De novo o terror nos olhos:

— Seu Devinne... por favor! Eu tenho de ir!

Olhei firme para ela, avaliando o que haveria atrás do pânico. *Ela — ou o velho Cid? — tinha um plano, e o plano fracassou. O rato decontrolou-se.* O susto aumentava de espessura:

— Seu Devinne, eu vou gritar. Vai ser pior. Eu não imaginava que...

O braço frágil esmagado pela minha mão. Senti vergonha. Eu não sou um animal; ela deve saber disso. Se ela pensasse um pouco saberia que minha agressão tinha fundamento. Talvez ela tivesse me subestimado — os ratinhos não podem ser completamente condicionados, todos os nervos permanentemente previsíveis. Há sempre uma mancha escura que o microscópio não desvenda. Eu estava nela, mas queria sair rapidamente — precisava convencê-la de que ela tinha razão, de fato sou inteiro previsível. Suavizei a voz, afrouxando os dedos:

— Vera, por favor. Eu não vou fazer mal a você. — Ela deu um tranco no braço e eu soltei a mão. Mas agora Vera não correu; apenas deu um passo estratégico para trás, numa tensa avaliação: *André Devinne vale o risco?* Aproveitei a estranha intimidade dos assustados: — Por favor, não vá. Eu... — e me afastei, para demonstrar a verdade das minhas palavras (e elas eram verdadeiras) — ...eu prometo que não ponho mais a mão em você. Olhe... eu sento aqui, você ali, e a gente apenas conversa. Eu... eu perdi a cabeça. Eu quero conversar, Vera, conversar. Faça as anotações que você quiser, eu não me importo. Eu não quero que você saia daqui levando minha brutalidade. Eu... eu não sou assim...

André Devinne estava comovido — tensões subitamente derramadas, um corpo só era pouco para sustentá-las. E via diante de mim um ser frágil, com medo, *o medo de quem arrisca*. Ela respirava fundo, olhando firme e incerta para mim, no desespero de saber — o mesmo que eu vivia. Intuição: *ela acreditou em mim*. Pouco a pouco o rosto de Vera se suavizava, e as manchas da pintura perdiam o toque da tragédia. Como quem experimenta, tateou o braço da poltrona, sem tirar os olhos de mim, e sentou-se. A voz mais rouca ainda:

— Você me assustou, Devinne. Você me assustou.

O limite do absurdo: eu era o esmagado, mas exigiam de mim delicadeza perpétua. Mais que isso: eu me esforçava para conquistá-la por inteiro, como uma defesa pelo avesso — ninguém consegue agredir um santo, o homem que oferece a outra face porque não há outra comunhão possível. Ergui os braços, sinalizando a paz possível:

— Desculpe mais uma vez, Vera. Eu só quero uma coisa: jogar limpo. Foi o que eu sempre quis na vida e não consegui.

Era a voz do doutor Cid que falava por mim? Serei eu um homem tão sem forma? A voz rouca de Vera lapidou uma bela súplica — até o braço se estendia:

— Compreenda, Devinne. Eu não posso fazer nada além do que faço. Eu não posso, você entende?

Eu entendi. E — só agora percebo — nem me passou pela cabeça a idéia óbvia de que o principal era eu escapar daquela prisão, e de que nesse assunto, também obviamente, Vera podia me ajudar. Mas todo o meu desejo agora era apenas mantê-la próxima, do meu lado, porque eu não sou um homem assustador e queria convencê-la disso.

Recolhi o copo do tapete, em gestos lentos e suaves, para que ela não suspeitasse de traição. Renovei a dose perdida, e quando ergui a vista ela passava um lenço nos olhos diante de um espelhinho, esquecida do mundo. *Uma mulher prática.* Afinal viu meu braço estendido. Aceitou o uísque.

— Obrigada. — E quase em seguida, como quem acalma um monstro: — Devinne, quero que você saiba de uma coisa. Por favor, acredite fielmente em mim: o doutor Cid não tem a mínima intenção de fazer mal a você. Nenhum mal. Nenhum *mesmo.* Acredite. E não faça mais perguntas porque eu não vou saber responder.

Ficamos nos olhando. Ela era mais bonita sem pintura. Deve ter percebido que eu não acreditava no que ela dizia. Intuição: *isso não tem mais importância.* Éramos semelhantes — ela também não queria me agredir, *ela gostava de mim.* Súbita, a prova, como quem confessa o que não deve:

— O doutor Cid conheceu o seu pai.

Mas eu só vi o choque e a estampa da mentira. Testei:

— Onde?

O atropelo de convencer:

— Porto Alegre. 1982. Uma pequena livraria.

Completei, coração disparado:

— Que faliu.

— Exatamente. — A culpa no rosto: *ela não estava autorizada. Mais: ela arriscou-se a descer aqui por conta própria.* — E não me pergunte mais, Devinne. Por favor.

Um monólogo doloroso:

— Meu pai morreu um ano depois. Minha mãe voltou comigo para Curitiba. Para morrer aqui.

— Isso eu não sabia. O doutor Cid é muito lacônico.

Então ele não quer me fazer mal? Senti um alívio estranho. Eu não conseguia juntar os pedaços de nada, mas estava tranqüilo. *Preciso de tempo.* Vera me fazia bem, depois da guerra.

— Quer ouvir música?

Ela fez que sim, me olhando já sem nenhum traço de medo — estávamos secretamente próximos, como amigos de infância. Escolhi um cedê de Caetano Veloso. Acho que ela gostou. Comecei a desejá-la, e isso novamente me intimidou. Enchi outra dose de uísque, para mim; ela não quis.

— Posso fazer uma pergunta?

— Se eu puder responder...

— O doutor Cid é mesmo teu tio?

— Tio?! — Espantada, mas com humor. — Não, Devinne. É o meu chefe. — *Isso* parecia verdade. — De onde você tirou o parentesco?

— Ele disse.

Vera desconcertou-se, mas riu. Justificou o chefe:

— Brincadeira dele. Acho que o doutor Cid gosta muito de mim. Trabalho na firma há oito anos.

— Você faz o quê, Vera?

— Contabilidade. Comecei a trabalhar nas empresas dele e não saí mais. O doutor Cid paga muito bem.

Seriam mesmo amantes? Ela contava tudo aquilo com uma inexplicável leveza. Tentei abordar os crimes com o tato possível:

— E aqui, Vera? Que trabalho é esse?

Endureceu o rosto:

— Ele me pediu para ajudar. Por favor, eu não vou dizer mais nada, porque eu não sei. Nem quero saber. Mas...

Ia dizer algo — uma garantia expressa de salvação, talvez —
que morreu nos lábios. *Desconfiada.* Ergui os braços, cordato:

— Tudo bem, Vera, não me leve a mal. Mas... — mas a
curiosidade mordia: — ...você não tem medo de alguma coisa
dar errada? Ser cúmplice de um homem como ele e... — e Vera
olhava para mim, *desconfiada* — ...e sei lá, um dia descobrem
o roubo dos carros, o tráfico...

Espanto legítimo:

— Roubo de carros?

O espanto agora era meu:

— Sim, a própria Brasília que me trouxe aqui e já foi des-
manchada...

— Mas aquele carro é meu, comprei com meu dinheiro!
Está ali no pátio! Quem disse que é roubado?

O idiota ainda respondeu:

— Ele.

Ela ficou entre rir e pensar. Escolheu a risada, mas percebi
a mudança estratégica de rumo.

— Bem, o doutor Cid é um homem engraçado, Devinne.

— Rápida, inventou: — Uma vez, na firma, mandou gritando
todo mundo correr pra porta dos fundos que a polícia estava
chegando. E nós todos (somos em quinze) disparamos feito
loucos. Ele ria que se acabava. — Também sorri com a mentira; para controlar o rubor, Vera de novo mudou de tática, agora séria, no desespero de convencer: — Não vou dizer que é
um santo nos negócios, isso não é. Mas ele tem uma verdadeira obsessão pela legalidade, pelo menos formal. A contabilidade dele é perfeita. Eu sei, porque sou eu que faço. Agora,
essa história de roubo de carros deve ser uma piada. Só se...

E ficou séria, pensando. Como se nós dois pensássemos
exatamente a mesma coisa: *Quem é esse louco?* Aproveitei a
fraqueza:

— Você não tem medo?

Firme:

— Nenhum.

Fui adiante:

— E no meu caso? Se é verdade que o doutor Cid é um brincalhão inocente que não tem nenhuma intenção de me fazer mal, um dia eu vou sair daqui. E posso denunciar vocês por um crime que vai dar anos de cadeia. — Lembrei dos meus devaneios de cativeiro: — Ele talvez não, pega um jato e vai pra Suíça. E você, Vera, já pensou nisso?

Tensa — mas o fiapo de dúvida evaporou-se na dureza da voz, *uma vingança ressentida que escapa:*

— O doutor Cid jamais vai me fazer mal. — Talvez ela tivesse falado demais. Fez um movimento brusco e curto de quem vai sair e desiste; e baixou a voz: — E nem a você, Devinne. Vamos mudar de assunto?

Senti a ameaça — se eu insistisse, ela se levantaria dali e eu, de novo, levaria muitas horas para recuperar a normalidade possível. Não queria que Vera se fosse. Talvez noventa por cento do doutor Cid fossem teatro — mas eu estava preso, *verdadeiramente preso*, pelos dez por cento restantes. Em que contabilidade entrava Vera? Perguntei súbito:

— Quem fez o vídeo sobre Laura?

Ela me olhou estranhada:

— O vídeo?! — e pensou a respeito, tentando ligar as coisas. — Não sei. O doutor Cid mandou deixar aqui uma fita de vídeo. Nem perguntei o que era. E Laura é personagem do seu livro, não? — Sorriu: — A que escreve um diário, não é? Eu gosto dela. — Agora era o escritor inseguro olhando firme nos olhos da leitora para avaliar a sinceridade. Fiquei convencido. E ela voltou da ficção à realidade, ainda confusa: — Mas o que tem a ver uma coisa com outra?

— Nada, Vera. — Caetano cantava *Quereres*. Fiquei ouvindo, armazenando paz. — Bonita, essa música.

Ela sorriu, sem falar. Mas a máquina não parava: *Ele conheceu meu pai; conhece minha vida, minha mulher, minha história; ele me quer bem; ele vai me libertar, talvez muito breve; o uísque é um cachimbo da paz que ele oferece; estará ele absolutamente certo de que por um preço muito bem pago o seqüestro terá sido uma brincadeira inocente?* Sim. É isso. É claro que é isso. Um jogo um tanto duro, mas um jogo. Fugi do assunto, percebendo o olhar atento de Vera. Um olhar atento e quase carinhoso agora. *Ela continua em dúvida. Sobre o quê?* Me servi de outra dose.

— Quer?

— Não, Devinne. Obrigado.

Apontei para a pasta que Vera insistia em segurar.

— Imagino que você está a trabalho...

Ela riu.

— É verdade. O doutor Cid pediu para eu fazer algumas perguntas a você.

— Sobre o quê?

— Sobre... o seu livro. Ou melhor: sobre a criação.

Um homem de sete cabeças: além de tudo, crítico literário. Não gostei daquilo. Eu queria conversar com Vera, sem o fantasma do velho me assombrando. O desejo. O desejo foi me tomando. Um homem emotivo é sempre volúvel, mas não ao acaso, nunca na superfície — toda escolha é um punhal atrapalhado, como esse que me arranhava a alma.

— Tudo bem, Vera. Pergunte.

E me sentei ao lado dela, medidamente casual. Vera se afastou um centímetro, mas sem medo, até com delicadeza, caneta em punho. Havia restado ainda uma pequena mancha de pintura na pálpebra. Séria:

— Eu queria saber...

— Você?

O riso da entrega:

— Não não... *Ele* queria saber... quanto de você está nos seus personagens... A questão do nome, por exemplo. O que há em comum entre os dois Andrés?

E ela me olhou, à espera. Agora, o brilho nos olhos, tão próximo, dizia: *sou eu que quero saber.*

Olhos abertos na escuridão. Não insônia, a ansiedade curta de quem quer dormir. Era diferente. No pesadelo daquelas poucas horas, não mais de dois, três dias, estar acordado parecia o estado permanente de seu espírito — olhos abertos na escuridão. Um corpo sem sono porque há muitos anos não está pronto para dormir. O sono é uma conquista difícil; talvez esta noite estivesse perto dele, de uma espécie de direito ao repouso que fosse também a passagem a um outro lado, definitivo, de sua vida. Mais duas pessoas — e só essas — faziam parte de seu desejo: Laura e Júlia. Desejo que resultava de um campo de batalha, de pontes que se atravessam e se dinamitam, quando a neblina difusa de todos os pequenos pânicos se dissipa, e começamos, finalmente, a respirar. Deitado, olhando para o teto sem vê-lo, ouvia a respiração da mulher, a quem se determinou entregar, todos os dias, não as coisas da vida, mas a própria substância de sua vida. Um sentimento tão espesso que poderia ser assustador, se em algum instante passasse pela cabeça dele a idéia de que Laura (e somente Laura) poderia, de fato, destruí-lo. Não com a força objetiva das coisas (uma informação; um soco; um grito) mas, por exemplo, com o peso simples da ausência. Um silêncio também espesso fazia a liga desse destino. E afinal, quando chegassem ao outro lado, um e outro contemplariam, em paz, todas as pontes quebradas nos ritos de passagem. André Devinne não sabe o que é, nem como é essa paz que parece não ter nenhuma grandeza, nenhuma altura, nenhum horizonte de medida; não pertence ao universo físico, embora dependa dele; um silêncio que não serve para nada (e daí o seu estranho brilho); ele não sabe, mas nem pensa a respeito, porque não importa; basta-lhe segurar a mão da mulher e senti-la compartilhando o mesmo desejo intransitivo. A dupla solidão que se vê uma na outra. Em silêncio.

André Devinne apura o ouvido na escuridão. É como se, de onde está, pudesse também ouvir a respiração de sua filha, em outra porta, depois de um corredor. O silêncio agitado de sua filha, mas também ela um silêncio próprio, nascido sob as asas de um acaso traçado, que é, também, um pacto de sobrevivência. Como se os três não pertencessem a nada e a ninguém — mas André Devinne jamais formulou essa fantasia da brutalidade possível, porque o terreno dele sempre foi a intuição trabalhada, o impulso medido a régua no espaço mais ou menos próximo. Pensar as coisas do mundo segurando-as na mão, entregando-se ao tato, à antena dos nervos, à sugestão dos volumes e das formas imediatas, porque só elas lhe davam contorno.

Olhos abertos na escuridão, os únicos da casa, André ouviu, com uma nitidez assustadora, os ruídos na varanda. Um som que dá a partida, e o coração imediatamente se acelera, mas, desta vez, não se perde. São ruídos sem pudor, sem a medida do sono, da madrugada, do espaço alheio, do silêncio — ruídos que não têm a própria medida e por isso, agora sim, estão condenados. *Ruídos* — como se fossem eles um ser independente, uma ameaça à esfera segura, sempre igual a ela mesma, que devem ser todas as coisas. André Devinne virou a cabeça em direção à mulher, como se pudesse vê-la no escuro, porque sentiu que a respiração se alterou; ele próprio parou de respirar, até que de novo Laura voltasse ao repouso tranqüilo.

Os ruídos, bêbados, desabaram na sala. E no silêncio instalado, André conferiu novamente o repouso da mulher. Ela se moveu, e voltou a mergulhar no sono. Entretanto, os ruídos renasceram, mais discretos agora, como se percebessem o pequeno desastre — e esse retorno fez bem aos cálculos de André, punhos cerrados, ouvindo os passos se arrastarem pelo corredor. Chegaram à primeira porta — ele adivinhava — e pararam. Deveriam entrar ali, mas prosseguiram, incertos, até muito próximo de André, a três ou quatro metros no corredor, tão próximos que se ouvia a respiração bruta de um homem bêbado. *Ou estariam diante da porta de Júlia? Ou o homem estava à espreita, para decidir qual porta escolher?* Súbito, André ouviu a voz (deformada) que, agora com a medida do silêncio, cochichava:

— Juliano?!

André Devinne, mal equilibrado na escuridão, esperava, sem respirar, à escuta da mulher, que depois de um brevíssimo movimento manteve-se convenientemente imóvel. O cochicho insistiu, mais discreto ainda:

— Juliano...

E todos os espaços repousaram em silêncio. O bêbado afinal se afastou, sem nenhuma dúvida em direção à primeira porta, e o coração de André reencontrou a tensão exata. Um último desejo: que a porta não fosse trancada a chave, como não tinha sido trancada na noite anterior. Olhos na escuridão, ouviu o trinco se fechar e não reconheceu mais som nenhum.

Esperar quanto tempo ainda? Pouco, certamente muito pouco, diante dos mais de vinte anos sem um pé de sapato.

Uma tensão com um toque bruto de alegria, de quem num gesto só troca a pele de uma vida inteira. *Para sempre* — uma redenção sem fogos nem banda nem medalhas no peito; mas completa, a de alguém que no mais raso silêncio, no terreno seguro da solidão, alcança e destrói a sua própria sombra. *Com as mãos* — e ele tentava ver no escuro o movimento de seus dedos, que tremiam.

O coração disparou, e agora todo o seu corpo parecia conspirar; mordeu a língua, para impedir que os dentes batessem, e mais uma vez tentou ouvir o silêncio da mulher, mas ele se descontrolava, perdia o fio do desejo, sentia cair do arame duramente sustentado e o próprio ar se recusava a escapar da garganta. Uma viagem sem fim, essa revolta do corpo. Levantou-se e avançou para a porta sem olhar para o escuro que deixava atrás e apoiou-se na parede do corredor, as palmas da mão sentindo o gelo do cimento. De algum lugar vinha uma brevíssima claridade, e os olhos dele se agarraram nos contornos como um homem que se precipita.

Seguro, agora.

Não parar.

Avançou até a porta e experimentou o trinco. A porta se abriu sem ruído. Escuro, mais escuro. Lembrou-se de que talvez tivesse deixado o próprio quarto aberto, mas não arriscou voltar — não havia mais espaço para nada, exceto tentar ver onde estava a cabeça de Odair. Pelo ouvido, aproximou-se dela, que respirava pesadamente: um corpo bêbado largado sobre a cama. Ajoelhou-se, muito próximo; calculou a extensão dos braços, o ângulo do pescoço, o apoio que teria, a utilidade de jogar o próprio tronco sobre a cabeça do homem, se necessário. Depois era depois — o definitivo, mas disso ele nunca teve medo, ele sempre atravessou o inelutável aproveitando as suas pequenas brechas, as setas indicativas, os momentos de respirar, os sustos — como esse que o leva a torcer a cabeça em busca de um vulto que não está na porta, também ela banhada de escuridão.

Leva os dedos, já mais firmes, ao próprio pescoço, para descobrir nele mesmo onde está o ponto da morte, apalpa-o, e sente o tecido frágil da respiração e ouve o pequeno alarme do corpo vulnerável. É ali, e desenha o outro no escuro, aproximando mais a cabeça até sentir o hálito bêbado. *O que ele queria me dizer quando me chamou ainda há pouco? um perdão? uma despedida? uma confissão de fidelidade eterna?* Então André Devinne jogou-se afinal no desfiladeiro, um mergulho só no espaço vazio — o chão é logo ali.

Não largaria nunca a sombra morta? Em algum momento da queda que o esvaziava, acordou com a brutalidade do pavor: a mão escura no seu braço, violenta, puxando-o para cima. Com um esgar próximo do vômito, ouviu a mulher:

— No poço, André! Largue ele!

Reduzido a ninguém, olhava o escuro, até sentir a violência da bofetada:

— Saia daí!

Ele ouviu, imóvel: o vulto abrindo a janela, o corpo de Odair arrastado pelos pés, e todo o escuro do quarto era um desespero medido e controlado por Laura. A mão dela em garra no seu braço:

— Acorde, André! Rápido!

Ele se via como um outro, levantando Odair e jogando pela janela o ser desajeitado, e Laura arremessando junto a mochila, e catando no escuro os sinais do inimigo. A mulher abraçou-o com força, agarrou-se nele, alguém prestes a desistir, e ele sentiu na palma das mãos, na dor terrível que sentia em todos os dedos, talvez quebrados pela própria violência, a fragilidade do corpo de Laura, nua e pequena no escuro, mal aquecida sob a blusa solta. De novo, para acordá-lo:

— No poço, André.

Ele não pensou em nada. Pulou a janela, arrastou Odair alguns metros, levantou as tábuas mal encaixadas do poço incompleto e jogou-o lá, sem se demorar para ouvir o baque. Voltou à janela, recolheu mochila, roupas avulsas, um trem a pilha, e refez o percurso, seguindo a mecânica da escuridão, só um fiapo de lua desenhando as pontas do espaço. Então viu: a mulher lhe estendia uma pá.

Contornou o poço estéril como quem calcula o início de uma tarefa. Experimentou o chão com a lâmina da pá: a terra retirada há alguns meses era agora um volume seco que se cobria de mato e grama. Dolorosamente — as mãos queimavam, o pé nu se lanhava no apoio da ferramenta se enterrando com resistência — começou o trabalho. Dor, mas não desespero. A cada golpe de pá, e o ruído da terra cobrindo lenta o homem morto, André se aproximava mais e mais dele mesmo, o que incluía o vulto de Laura certamente a poucos metros, e mais a filha, também quase ao alcance da mão, dormindo adiante. Devinne não pensava — simplesmente obedecia à mecânica do que tinha de ser feito, bem e rápido, porque o breve amanhecer de domingo seria também a redenção de uma vida, obra única e exclusiva dele próprio, agora finalmente sob seu completo domínio, nenhum fio solto que pudesse ser puxado para desabar o pequeno império de seu desejo.

Ainda era noite quando ele largou a pá e acompanhou a luz da lanterna das mãos de Laura iluminando o trabalho: no fundo do poço, agora útil, terra sobre terra. Duas cabeças perscrutavam cada trecho da caverna atrás de um dedo, um nariz, um cotovelo avulso a lembrá-los de que o trabalho não termina nunca; mas só viam terra.

— Vá ao quarto, tire o pijama, vista calça, camisa e sapato. Pegue o carro, atravesse a ponte, e volte para cá.

Ele ouviu e obedeceu.

Só quando o carro retornava do trajeto vazio, dia amanhecendo, André Devinne percebeu o sangue das mãos, as bolhas, a dor aguda, mas também isso foi um renascimento, o de quem sente os limites confortáveis do próprio corpo: um homem que, afinal, coincide com o seu espaço.

Ainda estava no sonho, a velha angústia atrapalhada de imagens que morrem no instante mesmo em que surgem: cães latindo e um toque de mãos na minha cabeça, em algum sopro da lembrança. Suando, embalado no zumbido perpétuo da minha prisão, até que — no tempo sem esquadro do sono — ouvi o chamado:

— André...

Abri os olhos, subitamente em casa:

— Laura!?

— Laura? Que Laura?

Acordei de novo. Vera olhava para mim, intrigada, fumando um cigarro, recostada no travesseiro. *Um olhar duplo: carinho e cálculo.* Seios à mostra. Uma mulher espessa, sólida, um tanto bruta — a vida inteira por conta própria.

— Você sonhou, meu querido.

Também me recostei no travesseiro, também intrigado. Estendi o braço para pegar um cigarro. Laura jamais me permitiu fumar no quarto.

— É. Sonhei. Um sonho e um desejo, como queria Freud.

— Mais desejo? Pensei que eu tivesse satisfeito todos os seus desejos, meu amor...

Intriga. Olhei firme para Vera, que sorria com uma vulgaridade inocente, cristalina e *dupla.* A mais desvairada noite de amor dos meus últimos quatro anos. Não: dos meus últimos dez anos. Sou um homem exagerado.

— Conte o teu sonho, André. — Ela consultou o reloginho de ouro da cabeceira. — Depois eu conto o meu.

Não se deve contar essas coisas a uma *outra* mulher, mas um prisioneiro não tem limites.

— Sonhei que você era Laura.

— Eu, uma *personagem*!? — Encantada e lisonjeada. Quem entende? — Você é um homem estranho, André. Nunca pintei um quadro na vida. E se aparecesse um Odair na vida do meu homem eu espetava ele com uma faca no segundo dia. Que fosse assombrar outro. Mas o papel aceita tudo, até a contabilidade do doutor Cid... — e a risada, *diferente*.

Cinismo? De novo olhos firmes em Vera: a sensação triste de que estão querendo me enganar. *Não; ela, de fato, não sabe nada de minha mulher. Com os funcionários, o doutor Cid é um homem lacônico.*

— Pois é. Sonhei com Laura. Sonhei que a minha prisão era, na verdade, um tratamento psiquiátrico. O doutor Cid era um especialista em psicologia do comportamento e orientador de tese de uma psicóloga chamada Laura.

— Que coisa maluca!

E esse seqüestro, é o quê?

— Nem tanto, Vera. Na verdade fui casado com uma mulher chamada Laura, que me abandonou há quatro anos e que não consegui nunca mais esquecer. No meu sonho, ela também nunca mais me esqueceu.

Vera me olhava, curiosa.

— Então quer dizer que Laura não é só uma personagem?

— Um estalo: — Mas é claro, os dois Andrés, as duas Lauras...

— e o riso solto, a voz rouquinha. — Que boa solução, senhor Devinne: se as coisas não dão certo na vida real...

Tudo muito prático. Vera não entende nada de literatura.

— Não ria. Essas coisas doem de verdade. — Ia falar do meu filho, mas senti pudor, nu assim.

— Desculpe, André. Não tive intenção. Continue.

Dei uma longa tragada e esperei com prazer o veneno se espalhar pelo corpo. Preenchia os brancos do sonho com a imaginação:

— No projeto psiquiátrico do doutor, que é analista de Laura, a única solução para nós dois seria a simulação dramática de uma situação limite. Eu fui seqüestrado, jogado brutalmente contra a parede, massacrado até os últimos cacos do resto da minha auto-estima. No sonho, minha mulher não suporta a tensão do jogo e vem me buscar, contrariando as ordens do velho louco. Eu achava que a gente ia viver feliz para sempre. Eu e Laura. Laura e eu.

Vera sorria, *fascinada*. Comecei a gostar do meu sonho.

— Que história linda, André! Então tudo isso seria um teatro montado pela mulher amada para recuperar o seu amor... Tudo muito delirante e irreal, mas bonito. — Alisou meus cabelos: — Por que você não escreve essa história?

Mais uma tragada longa e anestesiante.

— No sonho as coisas todas se encaixavam, uma sensação tão viva de *realidade* que... até você...

— Eu? Eu entro no sonho?

— Sim. Você era aluna do doutor Cid e participava do projeto de recuperação da personalidade de André Devinne. Completamente nua, anotava num caderninho todas as minhas reações psicológicas para análise do doutor. Laura tinha ciúmes terríveis de você. Quando ela vem me buscar, me pergunta três vezes se você alguma vez tinha descido aqui no porão.

Gargalhada saborosa:

— Que ótimo! E o que você respondeu?

— Eu disse que jamais tinha tocado em você. Traí terrivelmente minha mulher. Comecei a suar, vivendo um medo pavoroso, porque a qualquer momento você e o velho Cid abririam a porta para me desmentir.

Ela acariciava meus cabelos.

— Você se sentia culpado?

— Sim. Ouvi os cães latindo lá fora. Quando ergui a cabeça vi que eles quebravam as janelinhas e forçavam passagem para se jogar sobre mim. E então você me acordou.

Carinhosa:

— Bem, alguém precisa acordar você...

Um homem completamente esvaziado. *Vera: eu quero sair daqui. Mas não tem pressa.*

— Conte o teu sonho agora.

Ela de novo consultou o relógio. Um começo de tensão.

— O meu sonho é bem mais simples, senhor Devinne. — Olhou firme nos meus olhos. Ela me avaliava, *prática.* — Quero que você me diga uma coisa, André. Acho que já sei a resposta, mas quero ouvir você dizendo.

Fiquei à espera, também tenso, também calculando.

— Você gosta de mim? — Uma pergunta inesperada; quer dizer, o *modo.* Abri a boca para responder um *sim* mecânico, mas ela cortou: — Entenda, André: eu sei que não sou a tua Laura. Uma coisa só: *gostar.* Você gosta da minha companhia?

O que ela pretende? Pé atrás.

— Você é uma ótima companhia, Vera. — Não resisti: — Recomendo uma carcereira como você a todos os presidiários do país. Duvido que depois de uma terapia com você alguém saísse por aí cometendo...

— Pare com isso! É sério, André.

Perdi a paciência:

— Mas que diabo vocês querem de mim, Vera? Quem é esse louco? Quem é você?

Vera suspirou.

— Você já disse: ele é um louco e eu sou a secretária dele.

— Parou um tempo, avaliando como dizer o que tinha a dizer, um jeito de refletir que lembrava o chefe. Pediu um cigarro, ainda na dúvida. Soprou a fumaça. Enfim: — André, acontece o seguinte: a coisa está fedendo em Brasília. Você tem visto o noticiário?

— Odeio televisão. Melhor escrever meu livro. Vi só uns pedaços de notícias. O homem vai cair mesmo?

Como se fosse uma tragédia. Ela deu uma gargalhada.

— Bem que o doutor Cid dizia: você é um sujeito *bom*! — Ergueu a voz: — Estou me lixando para o presidente! O que me preocupa é que vão chegar no velho Cid, isso é certeza. Do jeito que a coisa vai, em uma semana ele está carimbando o dedão na Polícia Federal. É muita grana mal explicada. E quem vai dançar junto sou eu, é claro.

De repente tudo ficou claríssimo. Uma outra Vera.

— Quer dizer que...

Irritada com a minha ingenuidade:

— ... que você pode ir embora quando quiser, André! Você não entendeu ainda? A última loucura do doutor Cid acabou. Eu estou me arrancando. É isso.

— Fugindo?

— Fugindo.

— Com ele?!

Outra risada, agora de escárnio:

— Com ele?! Não seja bobo, André! Quando ele chegar aqui depois de amanhã vai encontrar a casa vazia. — Vacilou um segundo, olhar agudo nos meus olhos: — E o cofre também.

Coração disparado, muita coisa para processar. A ingenuidade é lenta.

— Cofre? Então existe um cofre? Cheguei a sonhar com ele. Vera recitou:

— Setecentos e setenta e cinco mil dólares. E há outro cofre, no escritório da Marechal Deodoro. Que tal? Não é dinheiro para uma vida inteira, mas é um bom começo. Eu acho que vale o risco. — O olhar agudo: — A dois.

Um homem trêmulo:

— Me dá um cigarro...

Não conseguia acender.

— Calma, meu querido — e ela mesma protegeu a chama do isqueiro. Mãos firmes.

Pensar.

A maldita superioridade moral da pobreza. Um homem pálido, com o coração na garganta, diante de uma mulher fria. *Não. Vera não é uma mulher fria. É alguém que vive outro universo, de outra natureza. O meu mundo começa e termina no café da rua XV. De uma ponta a outra, por mais torto que seja o passo, uma noção cristalina do certo e do errado, de pai para filho, como quer o doutor Cid. Uma essência, ou só uma questão de quantidade? Qual a diferença entre uma galinha e setecentos mil dólares?*

— Você tem passaporte, André?

— Não.

— Pode tirar na hora. Temos o dia todo.

Qual a dimensão do envolvimento? Tráfico de influência? Extorsão? Fraude fiscal? — e o frio na espinha: *Cocaína?* Uma tropa de elite do exército dos Estados Unidos desembarca fulminante no Jardim Social para seqüestrar e julgar André Devinne, o homem-chave da conexão Curitiba. Segurei o riso nervoso. *Calma, André Devinne. Informação é poder. O doutor Cid é um homem sábio.*

— Vera, me diga: o que exatamente você fazia nas empresas do velho?

— Eu já disse ontem: contabilidade.

Fiquei pensando, devagar. O desejo, mais o instinto de sobrevivência, decidiu: *melhor não saber mais nada. O doutor Cid é um homem burro.* A extensão do meu silêncio perturbou Vera — um traço de insegurança agora, como quem deu um passo antes do tempo:

— Você... vai comigo?

Por quê? Por que ela não some sozinha? Por uma noite de amor?

— Por quê?

Ela sorriu. Assim: *que sujeito teimoso! Setecentos mil dólares e ainda pergunta por quê?* A roleta girando, a ficha precipitada. Não era exatamente cinismo:

— Porque eu gosto de você.

Silêncio. Ofendida:

— Ora, por quê! Porque sim! Se você não percebe, não tem explicação.

Eu era agora o dono da situação, mas não sabia. Pressenti um choro simulando-se nos lábios dela. Talvez fosse verdade.

— Sou uma mulher solitária.

Tive um surto de frieza: *Óbvio, claríssimo — melhor um cúmplice que uma testemunha.* Além da contabilidade do doutor Cid, seria preciso justificar um seqüestro idiota, um capricho megalômano do chefe. Seqüestro dá cadeia. Contabilidade dá lucro. Olhei para Vera: nervosa. Talvez ela esperasse um ratinho mais dócil. Fui duro:

— O doutor Cid vai mandar matar você.

Uma surpreendente — e irritada — segurança, com um toque vingativo:

— Isso eu garanto: o doutor Cid vai ficar bem quietinho. E nós também. Mas muito longe daqui. — Pausa para a correção, que era quase uma ameaça: — Se você for comigo. — Pressenti no tom de voz que ela estava a um segundo de me descartar definitivamente, mas ainda estendeu a última ficha, que tocou o nervo exato: — Não pense em mim, André. Pense em você. Por exemplo: em que país da Europa você gostaria de escrever teus livros sossegado?

Assim eu me entrego: Espanha. Mais de setecentos mil dólares. É inútil: vão me agarrar na escada do avião. Essas coisas só dão certo em filmes. *Ou no Brasil.* Comecei a rir, descontrolado, beirando a histeria: um ateliê como o de Laura, com o janelão diante do Mediterrâneo. Que livro vou escrever? Ora, *a biografia do doutor Cid.* Na verdade, não é isso que ele quer? Minha boa amiga Vera, minha sólida, determinada, firme, belíssima mulher, ela vai me fornecer todos os detalhes.

Saboreei a palavra e o sonho:

— Espanha.

Vera sorriu do meu riso, rapidamente transformada pelo alívio:

— Ótimo! Adoro Madrid. Já estive lá duas vezes. Bons contatos. — Pulou da cama, veríssima e nua. — Vou tomar um banho. Não pense muito e arrume tuas coisas — e me deu um beijo *prático.*

Fiquei deitado, trêmulo, controlando o riso que insistia em me rasgar. É muita coisa — é irresistível. Desfiava os chavões da memória: *Adeus, Brasil, para sempre! Adeus, seção de classificados! Adeus, lixo da minha vida! Adeus, ratos da infância! Adeus, café da rua XV!* E viva André Devinne, o único escroque honesto do país! Ele não sabe. Um homem de substância ingênua. A arte me dá esse direito. *A arte me dá esse direito? Controle os nervos, André Devinne — você está muito próximo da redenção. Nada a perder, desde o começo. Quanto custa o Projeto André Devinne? Setecentos mil dólares? O amor de Vera? A saudade de Laura? A biografia do doutor Cid? A espécie humana?*

Mas André Devinne voltava, teimoso, a tangenciar perigosamente a superioridade moral da pobreza. *Nunca acreditei em escolha.* Ouviu a água correndo no corpo bom de Vera, um corpo a um tempo magro e espesso, que coincide com ele mesmo. Agora sim: *uma escolha. Para nunca mais. A existência inteira numa confortável deriva. As coisas vêm; não tenho culpa. Como quem descobre: nunca estive preocupado com o sentido da vida. Nunca ninguém jamais esteve verdadeiramente preocupado com o sentido da vida. Pagar o aluguel é muito mais importante. O sentido da vida pode esperar a vida inteira.* Olhou a porta: sair. E viu o sorriso cínico do seu psiquiatra, a dureza de metal colocando André Devinne no seu devido lugar, sempre que as asas se erguiam um pouco acima do horizonte estreito. *Súbito pesadelo: nesse momento o doutor Cid está na sala, bebendo uísque, de pernas cruzadas, para recepcionar o escravo liberto com uma gargalhada: Essa foi boa, não, Devinne? E você acreditou? A Vera é ótima. Uma secretária assim não tem preço. Uísque? Duas pedras? E uma música vai bem, não? Sibelius, para variar. Quanto ao seu livro, Devinne, eu acho que...*

Corri para a porta, que abri de um golpe: sala vazia. Desta vez o doutor Cid não estava lá para me salvar. A escolha é minha: devo matar Odair. *Vou matar Odair.*

— Que foi, André? — e Vera se enxugava com um prazer objetivo. — Tome um banho. Não temos muito tempo.

Segura. *Como ela pode estar tão segura?*

231

— Nada. Eu pensei...

Vera me beijou, enroladinha na toalha. O caroço de uma dúvida:

— Só falta uma coisa...

— Só falta a gente sumir daqui, André. Tome um banho.

— O doutor Cid. Por que ele me seqüestrou?

Vera vestia a calcinha. O estranhamento de uma sensação *familiar* — como se vivêssemos juntos há muitos anos. Ela riu:

— Você ainda está preocupado com isso? Ele dizia que era para ajudar você. Mas não se iluda com isso, meu querido. Quer saber mesmo como foi? — Imitou o jeito e a voz do velho: — *Vou ajudar esse rapaz, o filho do Devinne. Dá pena de ver. Ponha um anúncio lá no jornal que ele vem de quatro até aqui.*

Ela riu alegre, eu ri azedo. Velho filho-da-puta. *Espanha.*

— Então ele conheceu mesmo o meu pai?

De costas, Vera ofereceu as pontas do sutiã para que eu o prendesse. Senti a pele quente nos meus dedos.

— Sim. O teu pai era comunista, não era?

Uma sensação carinhosa, rever o velho Devinne, de bengala, ao longo da rua da Praia.

— Era. Do Partidão. Bons tempos aqueles.

Rimos.

— O doutor Cid ajudava o partido, esporadicamente. Foi o que ele me disse. Nunca entendi bem por quê. Também nunca perguntei.

Um corpo sólido, bonito, resistente. *Uma camponesa aculturada.*

— Eu sei por quê. Acho que agora entendo, Vera.

— Está muito amassada, essa blusa?

— Não. Está ótima.

Espanha. Arrepios da paixão. *Sempre à flor da pele.* Abotoando a blusa:

— E por quê, André?

— Porque ele quer pertencer à espécie humana. Eu até levei sorte, Vera. Tem gente que mata criancinha e bebe o sangue para entrar na espécie.

Um susto:

— Que horror, André! Eu tenho uma explicação muito mais simples para a tua prisão. Você não percebeu?

— Qual?

Ela prendia a pulseira do relógio.

— Ora, ele queria que você escrevesse a biografia dele. A biografia *filosófica...* — e Vera soltou a sua gargalhada livre, que eu acabei acompanhando por osmose. — O velho se acha o supra sumo de tudo, André! Ele é tão genial que seria um desperdício não deixar seus ensinamentos grandiosos para o resto da humanidade! Só encher o cu de dinheiro não basta!

E a risada saborosa da vingança, o escárnio metafísico da pobreza, que também acompanhei, deliciando-me com os dedos do doutor Cid, cagados de tinta preta num balcão da Polícia Federal.

— E por que eu? Por que o seqüestro?

— Mas pensa um pouco, André: que escritor no mundo, de livre e espontânea vontade, aceitaria escrever sobre aquele maluco? E ouvir uma recusa seria uma ofensa que a paranóia dele não suporta mais há muito tempo. É simples: quem tem muito dinheiro não arrisca nada. Você foi um atalho perfeito: ele já sabia de você, sabia que você estava na merda, conheceu teu pai, e achava que em pouco tempo você ia aceitar. E aceitar numa boa, com seqüestro e tudo. — Vera parou, sapato à mão, apenas curiosa: — Você ia aceitar?

Eu ia aceitar? Vera me avaliava, com aquele humor simples e intrigante, que o camaleão começava a amar. E concluiu:

— Sabe o que eu acho, André? Pelo menos numa coisa o velho Cid tem razão: você é um homem *bom*. Você não tem e não vai ter nunca a maldade fria, o cálculo do outro André Devinne. Terminando o teu livro, mais uma ou duas semanas sem assunto e você ia se perguntar: ora, por que não uma biografia do velho?

Achei graça, relaxado agora. *Espanha.*

— Até que a idéia não é má. Quer dizer, a *minha* biografia dele... Vou ter bastante tempo.

Ela me empurrou carinhosamente para o banheiro:

— Vamos logo, André, tome um banho! Eu vou lá em cima buscar uma valise para você colocar tuas coisas.

A purificação pela água. Ri, com prazer: e dizer que eu cheguei a dar um murro na parede. Um só? A vida inteira dando murros na parede!

Prontos os dois, corri os olhos pela minha prisão uma última vez.

— Vamos?

Ela não se moveu. Sorridente:

— Não esqueceu nada?

— Acho que não.

Mãos na cintura, um espanto verdadeiro:

— André!? E o seu livro?

Um choque. *Um homem definitivamente livre. Livre de Laura e da literatura.* Fiquei imóvel, sem reação. *Estava livre mesmo?* Vera insistiu:

— Pegue o texto e os disquetes. Eu quero saber o final da história.

— Está pela metade.

Como se isso fosse uma boa razão. Ela me empurrou, uma impaciência delicada:

— Pegue logo os disquetes, André!

Obedeci, sonâmbulo. Outro pequeno choque: *será que ela acha que literatura dá dinheiro?* Valise fechada. *Não vá, André Devinne: você nunca mais vai ficar em pé.* Falta de ar. *E alguma vez estive em pé?* Subindo a escada do poço, as pontas da angústia:

— E os guardas, Vera?

— Já despachei. Fique tranqüilo.

Porta aberta, o sol — o sol da Espanha — feria meus olhos.

Segunda

Fim de semana agitado, mas bom. Só notícia boa. O André hoje viajou para o interior com o Secretário e as perspectivas são as melhores possíveis. Meu marido está com um prestígio! Até a mulher do homem, a pentelha da Dóris, parecia simpática. Desta vez não botou defeito em nada e chegou a gostar de duas marinhas. Achou defeito sim: ela *prefere* maionese com cebolinha picada. Passou duas horas descrevendo como ela faz. Haja saco! E o Secretário insistindo na exposição. Antes que eu respondesse o André disse que ainda era cedo, e o assunto morreu. O Secretário falava com a boca cheia de carne sangrando. Quem vê pensa que é um motorista de caminhão! Mas o homem está com tudo e não tá prosa — e o projeto do André é a menina dos olhos dele. Só falaram nisso. Os filhos não vieram. Um deles, o Paulo, está fazendo mestrado nos Estados Unidos, e o outro foi passar o fim de semana em Porto Alegre. Está de namorada firme, é o que diz a Dóris, mas parece que a mulher não é muito rica não... Esse pessoal é engraçado.

Outra notícia boa é que — arre! — o amiguinho de infância do meu marido foi embora. Não sem dar o maior vexame aqui na Lagoa, que o André se virou pra consertar. O desgraçado quebrou metade do bar da ponte, bêbado de morrer. Por pouco não prenderam o idiota. Saiu correndo pra não apanhar. Pior que isso: acordou a gente de madrugada, parecia um louco, querendo ir embora. Queria porque queria, *imediatamente*. Nem adiantou o André falar que ele esperasse amanhecer que a gente levava ele até a rodoviária, que de madrugada não tinha ônibus. Queria ir pra estrada pegar carona, porque ele detesta ônibus! O cara é louco. Resultado: lá vai o André de noite levar o sujeitinho pra estrada. Deu uma grana pra ele (já tinha comprado um guarda-roupa completo) e levou. Só não ficou puto da vida porque no fundo era o que ele queria mesmo, o quanto antes, embora nunca falasse a respeito, com aquele jeitão discreto do meu homem, que prefere morrer do que reclamar da vida.

Voltou pelas cinco e pouco e resolveu trabalhar. O André é outro louco. Decidiu arrumar o jardim, cortar grama, arrancar o mato da trilha do ateliê e, doidinho, começar (finalmente!) o trabalho do poço. Pegou a pá e passou uma hora pagando os pecados. As tábuas estavam mesmo podres, mas bem que ele podia contratar alguém pra fazer o serviço. Não é de pão-duro não, é que ele tem "surtos de camponês", ele mesmo diz isso. Bem, o trabalho, como sempre, ficou pela metade, porque as mãos do André pareciam feridas de Cristo. Acostumado com caneta e lápis, foi pegar uma pá, deu nisso! Em carne viva! Lá fui eu fazer curativo. E na hora do café disse que ainda bem que já tinha lavado o carro no sábado! Aliás, o que o Secretário gozou do André por causa dessa lavação de carro todo sábado!

Mais um pouco e chega o coitado do Luís do bar, com a conta das garrafas e das cadeiras quebradas. Que vergonha! O André pagou tudo, é claro, e explicou que o cara já tinha ido embora. Pediu mil desculpas. Essas coisas pegam mal, mas o Luís entendeu. Ficou uma hora contando como foi. É o assunto da semana na Lagoa. Disse que nunca tinha visto um criador de caso como o tal Odair. E o tempo todo falando em nome do André, me dá arrepio. Mas passou.

E eu com uma preguiça de pintar! Fico aqui olhando a tela em branco com o esboço em carvão. A composição até que ficou bonita, mas estou tão cansada! Com a viagem do André deu um vazio na casa... A Julinha na escola e eu aqui, olhando o céu azul e morrendo de vontade de fumar. Sensação de vazio, muita coisa ao mesmo tempo. E não adianta deitar que não consigo dormir. Nem ler. Nem fazer nada. Se o Flávio estivesse aqui ia dizer que

Este livro foi composto na tipografia Slimbach, no corpo 10/14,5,
e impresso em papel off-white 80g/m²,
no Sistema Cameron da Divisão Gráfica da Distribuidora Record